明日在往事中

穆　涛 / 著　　贾平凹 / 绘

中国画报出版社 · 北京

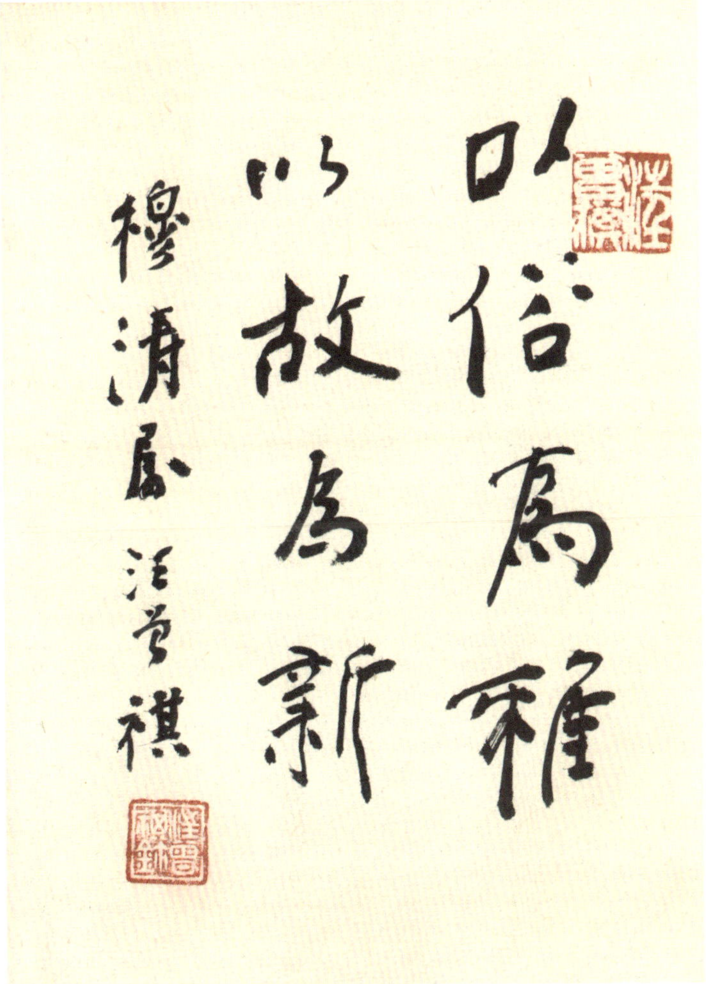

以俗为雅，以故为新

——汪曾祺赠穆涛，于 1991 年

说穆涛（代序）

贾平凹

一次出行

我在《美文》杂志当主编时，副主编是从河北石家庄调来的穆涛，他是个蛮有智慧又有一肚子谑趣的人。一天，我们驱车到外县去，经过秦岭北麓，他发感慨：你们陕西人谦虚，这么大的山竟不称山，叫个岭。我知道他又要作践陕西了，就说：说谦虚那比不上你们河北，那么大个省会不称城，叫个庄！车到一个山弯，忽然公路上奔跑着一只野兔，车一鸣喇叭，它就窜向路右边的半崖上，双耳翘起，小脑袋左右扭动，又跑下公路，竟在车前疾奔。车一加速，它又一转身窜到左边的坡下，没想到跌了跟斗，一疙瘩毛肉滚将下去。穆涛就笑野兔的机警和急躁，却也就说到老虎，说，老虎之所以是老虎，它是没这份机警的，它总是慵懒地卧在那里，似乎在打盹睡，可一旦猎物出现，它一下子就捕获了，然后又卧在那里安安静静地什么也不理会。老虎强大，走到哪里，哪里就是家。说狡兔三窟，是兔子弱小，那种狡猾不是性格本身，是生活逼出来的。家兔多可爱，又机灵又憨憨的。我说穆涛你说得好，我回去给你画张虎。穆涛说：这可是你主动说的，你是君子！我说我当然是君子。穆涛就快乐了，话也多得很，全说老虎的王者之气，最后说道：你瞧瞧这汉语，词下得多准，给虎之前就加一个老字！我说：是吗，鼠之前也加一个老字哩。

从外县返回，我真的画了一张虎，画好了却舍不得再给穆涛。穆涛骂我画虎者有鼠气，我说，正因为有鼠气才把虎画留下要补虎气啊。

一本书

因为喜欢了穆涛的文，也就喜欢了穆涛的人。人是小眼睛的，说话慢，听着让人着急，仿佛在肚里酝酿了又酝酿，一点点地滴洒。

穆涛就占了个从容。

时下的国人依然浮躁着，但浮躁的文章人已经厌了。超越激愤，面对了永恒和没有永恒的局面，许多弄文的人忽然觉得从容就好，于是就从容，要么去写了鸡零狗碎的东西，要么如那些也要从容的书法家一样，偏把字写得松歪丑懒，其实一派造作。做人和做文，不是要从容就能从容的，它需要一种定力，定力又来自大的境界。穆涛的文有点儿像黄宾虹的画，以世界的角度来审视和重铸民族的传统，又借传统的伸展或转移来确立自身的价值。

我并不太知道穆涛的出身和经历——鬼知道他来自仙界还是魔方——难以了解到如此从容的原因，但在研读了他许多文章后，发现他的从容呈现出了他的一种文气和智慧。人是有聪明和有智慧之分的。聪明的人到处都有，但聪明常常害人，要沦落到一个小字里边去；智慧却是难得的，有智慧的人，特有一种艺术的感觉，平凡的事物里他会觉悟出非凡，话有三说，他巧说得有态有度，该肥就肥，该瘦就瘦，如美妇人。

文坛如社会一样，好人和坏人到处在平均分配着，尤其在当今，天才和小丑常常无法分清，闲人多多，投机者充斥，穆涛可惜没混出个著名来，他实在是写得太少。静观穆涛，他似乎并不与人争一时短长，多于思考，依赖体证，博览群书，广泛吸收。现在很年轻的一批作家，比以前的作家老熟得多，这使我又敬又畏。我知道穆涛会有好作品出来的，却没想到出品的竟是《明日在往事中》，读着这本书，想他眼小言慢，善于蓄力，就体会到了一句古语：口锐者天钝之，目空者鬼降之。

穆涛从石家庄到西安，我们从作者与编辑的关系过渡到一个办公室的同事，开始了行立坐卧都很适意的生活。有茶清待客，无事乱翻书。人是有气味的，或许我们气味相投。

这么长的一部作品说了这么短一个序，如一个胖子头上的小帽，这帽子可以摘下不戴，权当是一本大戏开场前的几点锣鼓。

自由與仇恨
丙戌平凹

牧嘼圖
丁亥

讀書圖
騎虎讀史

晚歸圖

深呼吸圖
丁亥
李山

相馬圖
丁亥年凹
畫

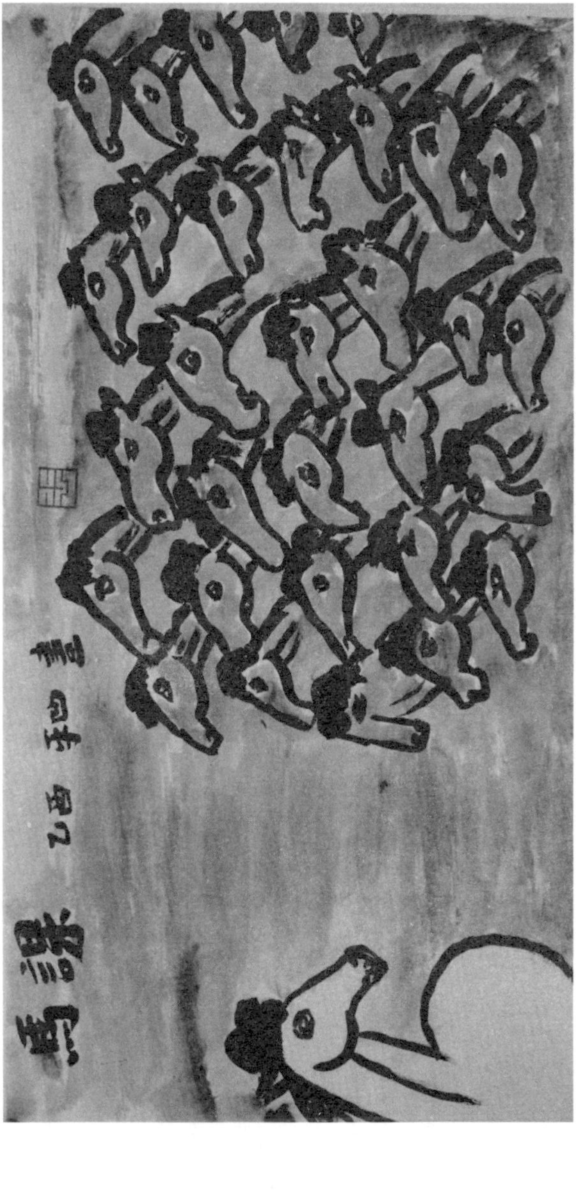
马语
乙酉

目录

壹 见微知著

贰 文章千古事

叁 坊间言

肆 言外之意

⑤ 兼收并蓄

陆 以古照今

㉮ 写平凹

㊀ 见微知著

天和地就是这么丰富变化着的，
人活着，
就要适应这种不变和万变。

被怀念的是渐渐远离我们的

“瓦”是一个独立的汉字，也是一些字的偏旁部首。

纺车上的纺锤最早是用黏土烧制的，叫瓦。《诗经》里说，“乃生女子，载寝之地，载衣之裼，载弄之瓦”。家里生了女孩子，旧称“弄瓦之喜”。女孩子生下来睡在地上，穿着短衣，裼是粗布家常短衣，遮体而已。给一个纺锤当玩具，纺锤的寓意是操持家务，祝贺有了内当家的。家里生了儿子叫“弄璋之喜”，也源自《诗经》，“乃生男子，载寝之床，载衣之裳，载弄之璋”。男孩子生下来要睡在床上，穿长衣服，裳是男子的长裙，裙字从衣从君，在古代是男装。男孩子的玩具是璋，璋是蕴含着使命的玉，寓意政务和军务，古时候的国家大事，王朝典祭，乃至兵符的信物都用璋。这两个成语有男尊女卑的旧意识，因此逐渐淡出日常用语，如今很少被人提及了。

在上古时候，黏土烧制的东西都叫瓦，《说文解字》给出的定义是“土器已烧之总名”。瓦作为建筑材料比砖早，最初是被用作屋脊的装饰构件，依据现有的考据资料，最早使用瓦的是岐周人，即今天陕西省的岐山县。在西周，岐周是都邑，政治地位很高，贵族显要云聚，周天子经常举办高规格的祭典，因而宗庙建筑也多，最初的瓦是应用在官宅和宗庙屋顶上，如今秦岭腹地深山里的人家，屋脊上仍能领略到当年的那种遗风。

土崩瓦解，昭示着中国历史里两种亡国形态，瓦解是权力层腐败，国家肌理烂掉了。土崩是底层人的日子过不下去了，揭竿而起。

东周之后，房屋顶上开始全覆瓦，不再仅仅作为装饰了。砖的发明是建筑材料的革命性进步，是中国建筑业的首次华丽转身。砖受瓦的启发，但也极大促进了瓦在生产和应用技术上的提升和普及。带“瓦”的汉字有四五十个，常用的已不多，仅剩“瓶”“瓷”“瓮”“瓯”“甄”等，大多数都因社会变迁弃置不用了，但琢磨那些名存实亡的字，仍可回味出瓦在上古时代的多姿多用之美。

“秦砖汉瓦”这个词，代表着中国古代建筑美的一个峰值。秦砖重实用，块大，敦厚。今天的板砖可以提在手里拍击人，秦砖不行，一只手拎不起来。秦砖也讲究装潢美，表面有饰纹：文字纹、图案纹、人物动物纹。到了汉代，一块画像砖，本身就是一件精妙的工艺品。汉瓦的突出代表是瓦当。瓦当是屋檐最前沿的一片瓦，也称滴水檐，“当，底也，瓦覆檐际者，正当众瓦之底，又节比于檐端，瓦瓦相盾，故有当名。”在建筑构件中，瓦的主要功能是防水、排水、隔热，且有效保护木构的屋架。瓦当既保护檐头，有使用价值，也突显房屋的建筑之美。

最初的瓦当是半圆形的，秦代出现了完整圆形，汉之后全部为圆形，这种转变蕴涵着中国人的人生观——对生活圆满的崇尚。瓦当当面最初是平面无饰的，和砖一样，后来才出现设计美观的文字和图案，动物纹尤其精妙，常见的有牛、马、鹿、兔等，最难得的是“四神”，即青龙、白虎、朱雀、玄武。一套“四神”瓦当，如果是真品，如今已价值连城。

世上万物都是有定数的，定数是寿限。蚂蚁、蟋蟀这些小动物有，月亮、地球、太阳这些大家伙也有。今天的大建筑，主体材料已不再用砖和瓦，这也是定数。交通方式变化之后，马退役了；农耕方式变化之后，牛退役了；书写方式变化之后，毛笔字成为艺术品，被挂在了墙上。生活方式变了，趋势就不可挡了，这不是宿命，这也是科学发展观。

“春夏秋冬”四字的背后

我们中国的汉字，都是有出处的，每个字都有来头，有本来之义。字是有生命的，一个字造出来之后，跟人一样，会不断地生长。汉字的“身子骨”不长了，但长内存，长含意。英语的单词可以长“身子骨”，在前边或者后边添加字母。汉字不能增笔画，并且为了书写的便捷，还减笔画，由“繁体”而“简体”。汉字的数量是庞大的，也属于芸芸众生。甲骨文约四千个左右，这还只是从地下挖出来的数量，挖是挖出来了，但其中有不少字，尚未破解出含意。东汉的字典《说文解字》收录九千多个汉字，清代的《康熙字典》收录五万四千多个。这些字中，绝大部分不再使用了，不再使用的生僻字，就像户口本上的亡人，寿终正寝了。今天仍在使用着的，是热字，是生命力超顽强的，输入“国际编码程序”的汉字，约两万一千个，这是为了和国际接轨，电脑可以直接打印生成。而日常生活里常用到的汉字，也就四千个上下吧。

中国的历史长，日子过久了，人心就丰富多元，乃至复杂芜陈，用来表意的汉字自然会多姿多态，一个字，能引申出多层含意，多的，有十几种，乃至几十种。每个汉字，都是一位高深厚道的长者，朴素安详的后面，一肚子的历史烟云。

“春”字甲骨文写法有多种，比较常见的一种是，左右结构，左边的上部是“木”，下部是“日”，右边是“屯”。到篆书时有了变化，写成，上下结构，顶部由木变成了草，底部是“日”，中间是“屯”，屯不仅从音，还会意，是小草发芽萌生时那种卷曲可爱的萌态。春的本意是草木发生，日在下，是温阳乍暖时候。

“夏”字甲骨文，，烈日当空，一个人在下边跪着。形态写真，这个时令酷暑煎熬，又值农忙，腿和腰都是弯的。“夏”字用作季节，含意一是“大”，“万物至此皆长大”。再是“假”，“非真也”，“宽假万物，使生长也”，是假道，是借路，以使万物生长。夏季是过程，这个季节中的万物处于生长期，尚没有结果。

“秋”字甲骨文非常有趣，是一只蟋蟀在灶台旁鸣叫，，顶部是双须，中间是头，有身子、羽翼、长足，底部是灶台。秋天是收获的季节，但这个字在提醒人们，天气转凉，户外的蟋蟀来到灶台旁取暖。“秋”有两层本意，差不多是相对立的，一层是收获，是喜悦。一层是“揫”，收敛、揫敛，意在收获的时候保持头脑清醒。“岁既顺成，时方揫敛”，“气之擎敛而有质者为阴。”后世刑罚中的“秋后问斩”，也是源取于此。

“冬”字甲骨文写法简练，，看着像今天的耳机，实际是一根绳子，古人结绳记事，在绳子的两端各打一个结，寓意一年的终结。冬即终，“冬，四时尽也。”“闭塞而成冬，阳气下藏地中，阴气闭固而成冬。”

这四个字的最闪亮之处，是古代的先贤把对天地人的认知浓缩于具体的写法之中。《尔雅》是中国最早的辞典，也是儒家十三经之一，成书于战国年代。“尔”通“迩”，“雅”为标准，书名之意是“走近标准”，《尔雅·释天》中，给春夏秋冬做了三种定义；一种说时候，一种说气候，一种说物候。

一说时候：“春为苍天，夏为昊天，秋为旻天，冬为上天。”四季均尊称为天，春天，“万物苍苍然生”；夏天，“言气皓旰”，“旰”古字同“旭”，烈日当头照的意思；秋天的“旻”，本意是烧龟壳依纹路占卜。“旻”也通“愍”，取意悲悯，“旻犹愍也，愍万物雕落”。冬天称上天，“言时无事，在上临下而已”。

一说气候：“春为青阳，夏为朱明，秋为白藏，冬为玄英。”春，青阳开动；夏，朱明盛长，遍及万物；秋，气白而收藏；冬，气黑而清英。青红皂白这个成语，即据此而来。

一说物候：“春为发生，夏为长嬴，秋为收成，冬为安宁。”春季称“发生”，“东风好作阳和使，逢草逢花报发生”。西安有一家百年老字号的饭店，名字就叫“春发生”。夏季称“长嬴”，“嬴”同“盈”，万物充沛生长，“长嬴开序，炎上为德”。秋季为“收成”，冬季称为“安宁”。

春夏秋冬是一年的时序，与天地一起，同为世间最基本的制度，古称“六度”。汉代《淮南子·时则训》这么注解六度：“阴阳大制有六度，天为绳，地为准，春为规，夏为衡，秋为矩，冬为权。”“绳者，所以绳万物也；准者，所以准万物也；规者，所以员万物也；衡者，所以平万物也；矩者，所以方万物也；权者，所以权万物也。”这是“准绳”“规矩”“权衡”三词的出处，天地为准绳，冬夏为权衡，春秋为规矩。

我所知道的“春夏秋冬”四个字的含意，大致就这些。

二十四节气是有警惕心的

二十四节气是中国人的世界观。

中国人对天地的认识是循序渐进的，周代以前，只有春和秋的概念，“以春秋知四时”。西周时期，多个诸侯国的国史以“春秋”为书名，“吾见百国《春秋》”（《墨子》）。东周之后，已经有了“冬”和“夏”的记载，但孔子以鲁国史书为基本线索，又兼容一百二十个诸侯国的史料，写出了那部大历史著作，仍以“春秋”为名称。

后来这一历史段落，也以“春秋”来命名。战国之后，陆续有了节气时令的记载。二十四节气首次被完整阐述是在汉景帝时的《淮南子》一书中。汉武帝时，作为国家历法写入《太初历》。中国古人有两个了不起的科学贡献，一是发现并细化了一年之中这个井然有序的生态变化规律；二是以春秋命名国家史书，把天文、地理、人间沧桑事态相互参照起来看待世界。

二十四节气是讲变和不变的。一年之中二十四个节点的运行原则是不变的，但每个节点里都饱含着变化。“气候”这个词的意思，是节气变化的外在体征。医生治病看症候，厨师炒菜看火候，老百姓过日子，要看天地的气候。古人的观察是很具体的，五天为一候，每个节气里有三候。如立春三候：初候，“东风解冻”；二候，“蛰虫始振”；三候，“鱼陟负冰”（鱼自河底上游，抵近冰层）。雨水三候：初候，“鱼上冰，獭祭鱼”（鱼肥而出冰面，獭捉到鱼一条条排起来，如祭祀一样）；二候，“鸿雁来”三候，“天气下降，地气上腾，天地和同，草木萌动”。春分三候：初候，“玄鸟（燕子）至”；二候，“雷乃发声”；三候，“始电（闪电）”。立秋三候：初候，“凉风至”；二候，“白露降”；三候“寒蝉鸣”。秋分三候：初候，“雷始收声”；二候，“蛰虫坯户”（冬眠之虫开始在洞口培土）；三候，“水始涸”（雨水减少）。天和地就是这么丰富变化着的，人活着，就要适应这种不变和万变。

二十四节气里，不仅有敬畏心，还有警惕心。在每个节气里，古人都硬性规定了具体的禁忌条款，如“立春”和“雨水”：祭品不得用母畜，禁止伐木，不得毁鸟巢，不得捕杀幼小的、怀胎的、刚出生的动物，不得捕杀学习飞翔的鸟及小兽，不得掏鸟蛋，不得聚众起事，不得大兴土木，要收葬暴露于野的尸骨。这个月不可以起兵征伐，军事冲突不得由我方挑起。

“牺牲毋用牝。禁止伐木，毋覆巢，毋杀孩虫、胎、夭、飞鸟。毋麛，毋卵。毋聚大众，毋置城郭，掩骼埋胔。是月也，不可以称兵，称兵必天殃。兵戎不起，不可从我始。”

二十四节气的路线图，由立春到大寒，不是一条线，是一个圆，是轮回。设定这个顺序的基础不仅是天象，还有地势和农时。立春这个节气，大地复苏，万物生长。大寒的物候是，“鸡使乳（孵小鸡），征鸟厉疾（鹰隼一类猛禽最具攻击性），水泽腹坚（河流湖泊冻得结结实实）”。中国古人对天文的认识，一年开始的第一天是冬至，冬至也称一阳，那一天地气由地心开始上升，“今日交冬至，已报一阳生”，“一阳初动处，万物未生时”。小寒与大寒之间是二阳，地气运行四十五天，在立春这天突破地表，因此这一天也称“三阳开泰”。在汉代之前，我们中国有六种历法，其中黄帝历、周历和鲁历，以冬至所在月份（即今天农历十一月）为正月，这就是以天文为基础的。如果按阳历计算，每年的冬至是在12 月 22 日前后。阳历是西方的历法，也是以天文做基础的。从中国的冬至到阳历的元月一日，这中间有八九天差距。中国古人是站在黄河流域，再具体说是渭河流域观测天象的。西方的阳历，是站在他们那里观测的，这之间有地理站位的差距。二十四节气，是以渭河流域为落脚点和出发点，比较着说，长江流域再往南的区域，时令的变化与这个路线图出入也是很显著的。

二十四节气里的警惕心，是对人妄为妄行的警惕，戒欺天，戒逆天。谢天谢地这句话，也是有初心的。

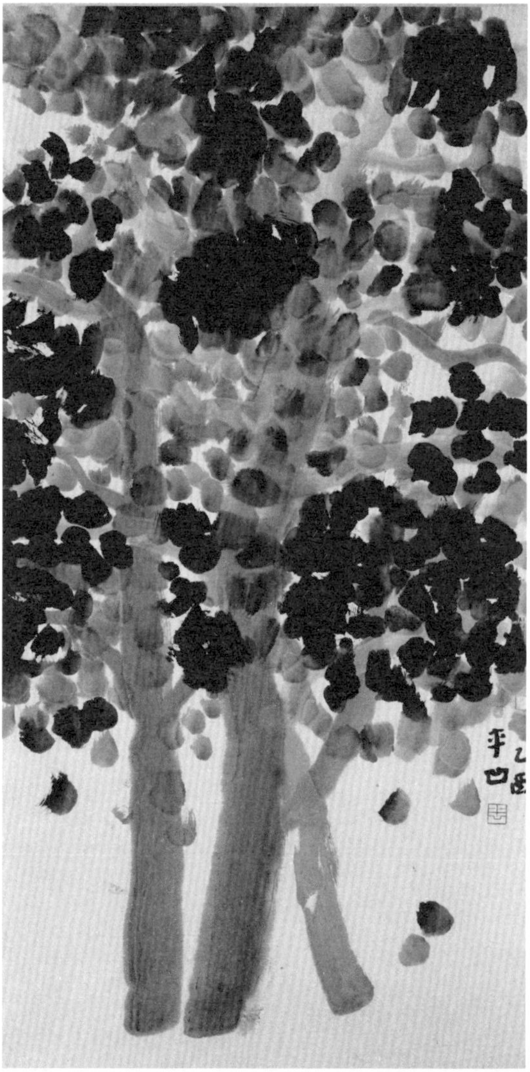

二十四节气是中国人的世界观。

冬至这一天

在我们中国人的传统认识里，一年开头的第一天不是正月初一，而是冬至。

古人描写这一天的诗词有很多："天时人事日相催，冬至阳生春又来。""一杯新岁酒，两句故人诗。""蛾眉亭上，今日交冬至。已报一阳生，更佳雪，因时呈瑞。""冬至一阳初动，鼎炉光满帘帏。五行造化太幽微，颠倒难穷妙理。""新阳后，便占新岁，吉云清穆。""一气先通关窍，万物旋生头角，谁合又谁开。""子月风光雪后看，新阳一缕动长安。""阴冰莫向河源塞，阳气今从地底回。""冬至子之半，天心无改移。一阳初动处，万物未生时。""六阴消尽一阳生，暗藏萌，雪花轻，九九严凝，河海结层冰。二气周流无所住，阳数足，化龙升。"古人的这些诗词既有对天象物理的判断，也有对冬至这个节气的人文认知。

冬至这一天，阳气由地心开始上行，因而又称"一阳"。"二阳”在小寒与大寒之间，“三阳”特指立春那一天。“三阳开泰”这个成语，指的是从冬至开始，阳气由地心上升运行四十五天，在立春这天浮出地表，润泽万物生长。古人最早的春节是立春这一天，但立春节气是有时间“位移”的，汉武帝颁行太初历之后，就把春节固定在了正月初一。

冬至所在的月，是农历十一月。但在汉代古人的天文观念中，该月是一年中的岁首正月，按照干支记录月序，称子月，农历的十二月、一月是太初历的丑月、寅月，然后依次是卯、辰、巳、午、未、申、酉、戌、亥月。农历五月是午月，端午指五月的第一个五天，这是端午节时间节点的由来。

中国地大物博，地理疆域宽阔，在汉代之前使用过六种历法，称“古六历”，其中黄帝历、周历和鲁历，都是以冬至所在月为一年的岁首正月。商代的殷历，以冬至之后一个月即农历十二月，为岁首正月。秦朝统一全国后，施行颛顼历，岁首正月是冬至之前一个月，即农历十月。汉代建国后，汉承秦制，沿袭施行颛顼历，一直到汉武帝太初元年（前104）改革历法，废颛顼历，颁行太初历。太初历是在夏历基础上修定的，以农历一月为岁首正月，既循守天体运行规律，又兼融农业生产的物候变化，以及动物的生育生长和植物的兴衰荣枯，还包括二十四节气的流变，因而中国的历法也称“农历”。

《汉书》记载西汉一朝二百三十年间的历史，叙写皇帝每一年大事件的时间顺序，均从十月开始写起，其间醒目标识了汉武帝改元正朔的历法革新，国家历法由颛顼历改制为太初历。

中国古人把冬至确定为一年开始的首日，是以天文学做基础的，是精准的科学定位。这一天与西方历法中元旦相差不到十天。这个时间差异是中西方观测天象时所占据的地理位置差异形成的。中国古人基于自己的位置仰观天象、俯察地理。西方的落脚点在他们那边，而且他们的说法还有一点“人为因素”，与耶稣诞辰日有关。二十四节气是中国古代天文学的集大成，是在细致观测天象的基础上，又经过严谨计算的科学结晶。每个节气十五天，二十四个节气在表面上看是三百六十天，实际上每个节气不是整时整点到来的，而是精确到时辰分秒，每个节气都是十五天再多出一点点。二十四个“一点点”累加起来是五天多的时间，一年合计 365 天多。现代科学技术手段测量太阳一个回归年的时间是 365 天 5 小时 48 分 46 秒。二十四节气的了不起之处在于在时间管理上是动态的，是科学循守天体运行的正在进行时。

二十四节气是一年之中天地变化的动态运行图，分为二十四个观测区间，每个区间又细化出三种变化形态，这种形态称为“候”，这是“气候”这个词的由来。每个节气分为三候，五天为一候，二十四个节气共七十二候。比如冬至的三候：“初候，蚯蚓结”，六阴寒极之时，阳气未动，蚯蚓屈首向下。阳气已动，回首向上，故屈曲而结。“二候，麋角解”，麋鹿，属阴，感阳气麋角脱落。“三候，水泉动”，泉水感阳气而生温热。

二十四节气不是一条线，而是一个圆，是一个完整的内循环系统。由冬至到大雪，周而复始的一个圆。二十四节气最早的完整记录，是在汉景帝时期的《淮南子》一书中，到汉武帝时，被写进国家历法太初历。

中国人自古以来重视天象与世道的融会贯通，对天地有敬畏心，老百姓的口头禅就是“谢天谢地”，对天地的敬畏之中，还包含着制约皇权的禅机，以“伤天害理”的理念限制皇帝的肆言妄行，这是中国早期的“民主特色”。“四时者，天之吏也；日月者，天之使也；星辰者，天之期（聚会）也；虹霓彗星者，天之忌（告诫）也。”“人主（皇帝）之情，上通于天，故诛暴（苛政）则多飘风（暴风），枉法令则多虫螟（蝗灾），杀不辜则国赤地（大旱），令不收则多淫雨（水灾）。”（《淮南子·天文训》）

中国古代历法的底线是应天时、受地利，没有“战天斗地”“敢教日月换新天”这么硬气的意识。“人定胜天”这句老话，也不是“人有多大胆，地有多大产”的意思，而是人心和顺、百姓安定是天大的事情。这也是早期的中国民主思维，以民为本，以民向天。

对天地的敬畏，老百姓的口头禅是“谢天谢地”。

汉代小学的天文课

《汉书·食货志》是这么记载的：“八岁入小学，学六甲五方书计之事，始知室家长幼之节。十五入大学，学先圣礼乐，而知朝廷君臣之礼。”

“六甲”是用天干地支推算年、月、日、时的方法。我们今天用公元数字纪年，从1912年开始，满打满算仅一百来年的时间。在这之前，一直使用干支纪年。十天干——甲乙丙丁戊己庚辛壬癸，对应十二地支——子丑寅卯辰巳午未申酉戌亥。天干为阳，地支为阴，以树干和树枝寓意天地融通汇和，万物生存有序。干支纪年分为六个组合，每组十个，就这样六十年一个轮回。“六甲”不仅纪年，还依此法推算月、日、时辰。汉代的小学生，自己是可以制作万年历的。

清代龚自珍著名的《己亥杂诗》，就写于己亥年，那一年是1839年，距今三个轮回，一百八十多年。《己亥杂诗》是旧体诗中的上品大作，有三百多首，一声声的仰天长叹，满腔的抱负难酬，其中第一百二十五首入选了今天的课本："九州生气恃风雷，万马齐喑究可哀。我劝天公重抖擞，不拘一格降人才。"其实龚自珍劝天公重抖擞，不是降一般的人才，而是叩请上苍给人间配备一个好皇上。

"五方"，即东南西北中五方天帝，上天主管人间事务的五方神圣。一眼看上去，有点儿像宗教课，或政治课，但基础是天文课。

中国古人没有日历，知天时是实实在在地看天，作息时间表写在天上，"日出而作，日入而息。凿井而饮，耕田而食。"看天吃饭，是古代人必须掌握的生存技能，经过漫长的观察和积累，总结形成了中国人对天体运行规律的独特的认识，也由此产生了对天神的崇拜。

五方是主管春夏秋冬的四季神，再加上中央神。五方神均是两个编制，一位总负责，一位具体实施，如同一个城市里的书记和市长。春之神居住在东方，天帝是太皞（伏羲），天神是句芒；夏之神居住在南方，天帝是炎帝，天神是祝融；秋之神居住在西方，天帝是少皞，天神是蓐收；冬之神居住在北方，天帝是颛顼，天神是玄冥；中央神位居中央，天帝是黄帝，天神是后土。五方中蕴藏着五行，春天属木，夏天属火，中央属土，秋天属金，冬天属水。木生火，火生土，土生金，金生水，水生木，这是五行的基础顺序。中国人把日月星辰的运行划分为二十八个星区，即二十八星宿。东南西北各七个星区，东方七颗星的排列被想象成龙，西方七颗星被想象成虎，南方七颗星被想象成大鸟，北方七颗星被想象成蛇和龟（战国之前的记载是鹿），这是青龙、白虎、朱雀、玄武的由来。

汉代这个课程设计的核心亮点，在“始知室家长幼之节”，知天文，戴天德，长人心，行孝道，爱家庭。十五岁之后，再进行爱社会、爱朝廷的教育，“学先圣礼乐，而知朝廷君臣之礼”。教育是需要放眼量的，循序渐进着好，小学阶段加入太多社会元素，不妥，也违背人的成长规律。

“儒”这个字

儒，最早是一种行当，自祭祀从业者中剥离出来的，算神职人员吧，专司治丧的礼仪和规程。用俗话说，就是操办丧事的。我们中国自古就有厚葬的传统，事死如事生，因而这个职业比较受人尊重，但社会地位低，《说文解字》给儒的定义是“儒，柔也”。到了孔子时代（春秋晚期），儒门发扬光大，由打理亡人的哀荣规则，扩容到人立身于世的规则和风范，由术士成学派，由事死人到事活人，这么华丽的转身之后，这门学问就生动厚实起来了。

《论语》这部书，严格讲不是孔子的著作，而是他的弟子们的课堂笔记选粹。《颜渊》这一章节，围绕着“仁”和“礼”两个字，鲜活又充分地呈现了孔子的核心主张。仁是内在的，是内心修养；礼是外在的，是行为准则。从普通人的“博学于文，约之为礼”，到君王的仁政与德政，“政者正也。子帅以正，孰敢不正”。孔子讲的德政是从顶层设计做起，由上而下。当领导的天天给老百姓讲规矩，自己却不知规矩为何物，这样会把社会生态搞坏的。孔子在世的时候，他的这些主张，仅仅是理想层面的东西，没有落地生根。从他的人生经历，也可以看到这一点。孔子周游列国，从55岁到68岁，走了九个诸侯国，到处碰壁，最后在黄河岸边发出那句长叹，“丘之不济此，命也夫”。

汉代建立之后，到汉武帝时期，施行以规矩治国的方略，把儒学确立为国学，同时作为治理国家的指导思想，“罢黜百家，独尊儒术”，奉《诗经》《尚书》《礼记》《周易》《春秋》为五经。所谓经书，即是治国之书。同时创新出一个官员选拔制度——察举制，察举制是一项半推荐半考试制度，一个人读书出众，经由县郡（省）两级推荐，到太学读书一年，之后进行严格的考试，成绩优异者委以官位，考试的内容范围就是“五经”。这个制度的突出亮点，是把特定的思想智慧作为掌握权力的条件。既然把儒学作为治国的指导思想，那么官员们就应该成为儒学的行家里手。察举制到唐朝完善为科举制，一直沿用到清朝末年。

“儒”这个字的结构，一边是“人”，一边是“需”，包含两层意思，一是自己需要，二是被旁人需要。

一个人念书多了，有了学问，通了学理，去满足自己的需要，并有所斩获，叫自得。中举人，进进士，拿状元，之后获赐一个好差使，都是自得。满腹经纶是说一个人有一肚子聪明才智，但如果受益人始终是自己，自得发展成了自私，局限就暴露出来了。即使是朋友之间往来，自私的人也是不受欢迎的。一个人发明了专利，自己领了专利费和荣誉证书，再有无数的人从专利技术中受益，“儒”这个字的内涵就圆满了。

仅有书本知识不是儒，叫书呆子或书虫。这两个词都形象有趣，知识是让人豁达和通达的，读傻了，成了呆子，是读拧巴了，读反了。书虫更生动逼真，在寺庙的藏经阁里，这种小动物很多，天天啃书，而且是经典秘笈，身体就是长不大。老百姓过日子有一句俗话，叫“半大小子见风长”。一个孩子吃母乳，喝牛奶，补多种营养品，父母的呵护已经到头了，到了该自己长个子的时候了。一个人长大成人，不仅是生理的，还是心理的，更多的是社会磨砺而成的。一棵参天大树，不知经历过多少栉风沐雨，既向上增高，也向内发展，每生长一年，树心才多出一个年轮。

还有两个词，“大儒”和“宿儒”。大儒不是个子大，而是影响广大，不仅被一个时代需要，而且要跨时代。《论语》是一本挺薄的书，但“半部论语治天下”，不停地被后世翻新沿用，汉代董仲舒翻新过一次，宋代朱熹翻新过一次，如今又被翻新着。孔子是大儒之首，是天下读书人的老师，被累世尊奉着。

宿儒也叫老学究，性格深沉，固执己见，独善其身的成分也偏多。纪晓岚写过两个老学究：一个信鬼的存在，一个不信，两个人争执了一辈子。信鬼的那个人先死了，但他坐在地府大门口死等，另一个终于来了，他拦着不让进门，严肃地提出一个问题，“请说出你现在叫什么名字”。

在孔子的观念里，儒是综合能力：既有书本知识，更有责任担当，且能做成事情。鲁国的季康子找孔子要人才，提名是子路、子贡、冉求。这三位都是孔子的得意门生，却都被孔子回绝了。理由是三个人都各有所长，但社会实践和综合能力不足。《论语》中的这段原文是：

季康子问：仲由（子路）可使从政也与？

子曰：由也果，于从政乎何有？

曰：赐（子贡）也与使从政也与？

曰：赐也达，于从政乎何有？

曰：求（冉求）也可使从政也与？

曰：求也艺，于从政乎何有？

这段文字由六个问句构成，三个正问，三个反问，有智慧，有文法，这也是《论语》这部大书的文辞魅力。

腐乳是臭豆腐，味道独特，也有叫人偏爱的一面，却上不了大席面。

乱七八糟

在传统观念里，七和八是基本，乱不得。

先说七。七是神秘的，密切联络着人的生和死。胎儿在子宫内七天一个变化，孕期三十八周至四十二周出生都属于正常分娩。人无常后，灵魂出窍，要飘零四十九天才彻底告别尘寰，这是民间“祭七”的由来。亡灵走七天转一个路口，要歇一歇。头七、三七、五七是大路口，是要塞，因此要重祭。七七也叫断七，人间路到头了，接着的是那座著名的奈何桥。陕西南部有一首民歌，是专门说奈何桥的：“和人间的桥不一样呀，三寸的宽来万丈的高，大风吹来摇摇摆，小风吹来摆摆地摇，两头钉满铜钉钉，中间抹着花油胶，有福的亡人桥上过，无福的亡人被打下了桥。”

年月周日四个时间概念，只有周是混沌不实的。一年是地球绕太阳一圈，一月是月亮绕地球一圈，一天是地球自转一圈，一周七天，是谁绕谁一圈呢？人能回答的问题是科学，人回答不了的叫神学。七和宗教有不解之缘。佛门有“七苦”，指生、老、病、死、怨憎会、爱别离、求不得。有“七宝”，金、银、琉璃、砗磲、玛瑙、珍珠、玫瑰。小和尚参悟开悟，必须经过的一个修行法门，叫“打禅七”。每个“禅七”要面壁省心四十九天。基督教说上帝创造世界用了七天时间，这也是凡人没办法考证的事情。

再说八。八是实实在在的，既宏阔也细微。八卦是中国人最早的世界观，乾坤坎离震艮巽兑，即天地水火雷山风泽，我们的老祖宗用这八种物质解构宇宙万物。批八字是中国人独有的人生观，是“人命天定”的基本数据。“天道以九制，地理以八制，人道以六制。”地理讲八方，“四正四隅为八方”。八音是古人对乐器的统称，指金、石、丝、竹、匏、土、革、木，八种不同的材质发出各自的声音。以前的老秤是十六进制，因此才有“半斤八两”那个成语。老百姓把中秋节叫八月节，餐桌上有八宝菜，每年腊月初八要喝腊八粥。清朝有八股文，还有八旗兵。

《黄帝内经》是这么诠释七和八的：女子七岁肾气盛，齿更发长；二七而天癸至，任脉通，太冲脉盛，月事以时下，故有子；三七肾气平均，故真牙生而长极；四七筋骨坚，发长极，身体盛壮；五七阳明脉衰，面始焦，发始堕；六七三阳脉衰于上，面皆焦，发始白；七七任脉虚，太冲脉衰少，天癸竭，地道不通，故形坏而无子也。丈夫八岁肾气实，发长齿更；二八肾气盛，天癸至，精气溢泻，阴阳和，故能有子；三八肾气平均，筋骨劲强，故真牙生而长极；四八筋骨隆盛，肌肉满壮；五八肾气衰，发堕齿槁；六八阳气衰竭于上，面焦，发鬓斑白；七八肝气衰，筋不能动，天癸竭，精少，肾藏衰，形体皆极；八八则齿发去。

七和八是人的生命信息密码，一旦乱了，就全乱套了。无法再收拾的局面，就叫乱七八糟。

无法再收拾的局面，就叫乱七八糟。

睡　觉

睡而觉，这个词里，隐着禅机呢。

觉是人的意识流，觉醒，觉察，觉悟。视觉是眼睛体会到的，触觉是肢体的，感觉是诸器官的，五脏六腑各尽其责，自负盈亏。知觉则要深入一层，是思虑之后的。佛有十大名号，其中一个叫应正等觉，“无乐与不乐，是名极乐；无求与不求，是名至尊；无是与不是，是名等正觉正遍知。”

《列子·周穆王》里讲“觉有八征”：故与为，得与丧，哀与乐，生与死。故与为是典型的中国式智慧，故是前世种子，为是此生功德。一个孩子出生了，鼻子随妈妈，眉毛随爸爸，额头隔辈传，像极了爷爷。还有更玄乎的，一个人来到一处地方，分明是头一遭，却没有陌生感，淌着的水熟悉，立着的石头熟悉，尤其那棵老槐树最亲切，仿佛去年才别过，一切如故。得与丧是取和舍，取是吸纳，舍是扬弃，人活着，要提防“舍不得”的心理，只吃不屙，身体要出大麻烦的。哀与乐、生与死是老生常谈，里边包含着的东西，让哲学家往高深里去说吧。

“睡个囫囵觉”，这句俗话指的是睡而不觉，是睡舒坦了，是深睡眠好睡眠的意思。

睡和梦密切联络着，梦也是意识流，但和觉是一个大系统里的两种思路。关于梦，《列子》里也有具体的说道，“梦有六候，正梦，噩梦，思梦，寤梦，喜梦，惧梦”。

正梦守本，什么人做什么梦，茄子一行，豇豆一行。藏这个字，最充分的诠释是在梦里。贼窝赃是窝不住的，纸包不住火。但大盗能窝住，大盗盗国，所有的东西都成了他的。一杯水藏在哪里才得以保全，老祖宗说得明明白白，要藏进河流里。人生的顶级理想叫梦想，一个士兵想当将军，是可以说出口的。人生如梦的正解在哪里？我的理解就在诸葛亮的那首诗里：“大梦谁先觉，平生我自知。草堂春睡足，窗外日迟迟。”噩梦无须说了，一个人多行善事，可避噩梦。成功人士喜梦多，心怀鬼胎的人梦也多，但多是惧梦。寤梦在半睡半醒两可之间，但这多是身子骨弱的人睡不踏实造就的。擅长思梦的人是智者，“我思故我在”。却也不是大智，至人无梦，愚人亦无梦，大智是大愚，用佛门槛里边的话讲，叫“言语道断，心行处灭”。

人体内最深奥处潜伏着两个能量源，一个叫魂，一个叫魄，魂是意志力层面的，比如有一个词叫灵魂；魄是生物钟层面的，还有一个词叫体魄。魂是上层建筑，是精神领袖。魄是物理基础，是生理主管。“魂”和“魄”两个字的结构，皆从鬼，都是可意会不可捉摸的东西。“魂魄失和，神遇为梦。”魂和魄高度统一了，也就无所谓梦不梦了。但这样的人生境界，俗人能有几回合呢？

痴人会说梦。抄两句白日里的梦话，是戏词，是舞台上丑角说的：“独坐深山闷幽幽，两眼瞪着猫儿头。如要孤家愁眉展，除非豆花（儿）拌酱油。”“小子力量大如天，纸糊的灯笼打得穿。开箱豆腐打得烂，打不烂除非豆腐干。”这些话里，同样有禅机呢。

《诗经》里的风声

《诗经》位在“五经”之首，这是司马迁的排序:《诗》《尚书》《礼记》《易》《春秋》。一本诗集能够承受如此之重，在于孔子编选《诗经》的眼光和出发点，既存文心，但更多的是史家态度。《诗经》的要义在世道人心，在省时醒世。“以言时政之得失”，“以知其国之兴衰”。采诗制度是自西周初年开始的文化政策，是当时的一项重要国策。采集民间创作的诗歌，旨在民意调查，“命大师陈诗，以观民风”。因为《诗经》中有“国风”，后世改“采诗”为“采风”。今天也讲采风，但已悖离了原本和初衷，着力点不再是民意和民情的采撷，基本上成了涂脂抹粉和附庸风雅。

南宋时的学人杨甲绘有一幅《十五国风之地理图》，这张地图融地理、文学及文化于一炉，开启了“文化地理学”的先河。十五“国风”的区域，在地图中是一目了然的，基本覆盖了当时的国家文化大体，沿黄河流域，自甘肃、陕西、山西、河南，河北、至山东。长江流域在孔子时代是文化僻壤，

"楚吴诸国无诗"。十五"国风"存诗一百六十篇，其中"周南""召南""豳风"是西周时期的诗作，止于周幽王。其余的十二"国风"，均为周平王东迁洛阳之后，属东周，具体说是春秋时期。

"周南"有十一篇，"召南"有十四篇，排序在"国风"之首，不称国名，而以周公旦召公奭冠之，是对周召二公执政力的敬仰，"得二公之德教，风化尤最纯洁，故独取其诗"。南，意为教化之地。"不直称周召，而连言南者，欲见行教化之地。""文王之化，被于南国，而北鄙杀伐之声，文王不能化也。"

"豳风"七篇，排在"国风"的最后，唱着压轴的大戏。豳国在陕西的旬邑、彬县一带，是周人的发祥地，是周代立国的本源。这样的编辑次序，是孔子的特别用心。"豳风"的七篇，均与周公相关，《鸱鸮》是周公所作，《七月》《东山》《破斧》《伐柯》《九罭》《狼跋》写周公当年平复东部叛乱的功绩，以及东部人民对周公的敬仰。周公姬旦先被封周地，后再封鲁国，史称鲁国公。周公是孔子心目中最高大上的人物，这样的排序，且以"豳风"为题，既表达对周公的敬爱，也是强调鲁国是周人精神的直接传承者。孔子是鲁国人，他用这样的方式，把周与鲁密切地联系在一起。

"邶风""鄘风""卫风"共三十九篇，邶国、鄘国、卫国，是殷商旧地，在河南安阳、新乡一线。在周公摄政时，由于发生“三监之乱”，迁邶鄘的国民至洛邑（洛阳），其封地合于卫。孔子编选《诗经》时，这两个诸侯国早已不存在了。清代学问家顾炎武先生认为，此为汉儒重新整理《诗经》时有意为之。“分而为三者，汉儒之误。”秦朝焚书，在全国范围内搞“书禁”，重点禁毁《诗经》和《尚书》，这两本书在民间几乎是绝迹了的。汉代立国后，不是口头上讲继承传统文化，而是具体去做，依靠文化老人的记忆才得以复原。仍以邶鄘旧国之名冠之，意图是拓延历史的沧桑空间。

“王风”十篇，采于东都洛阳一带。“唯周王抚万邦，巡侯甸”，“其采于东都者，则系之王”。

“郑风”二十一篇，“齐风”十篇。郑国最初封于陕西的凤翔，后东迁华县，周平王东迁洛邑之后再迁至河南的新郑一带。齐国在山东北部与河北西南，东连海，北界燕，西接赵。郑风、齐风多录男女之情事，后人诟病“不当录于圣人之经”。“郑音好滥淫志”，“齐音敖辟乔（矫）志”。被顾炎武讥为“不得诗人之趣”。

“魏风”八篇，魏国都邑原在山西夏县，后迁至河南开封。“唐风”十二篇，录自唐尧旧都临汾一带。“秦风”十篇，源自甘肃天水，沿诸渭河流域。“陈风”十篇，陈国辖域在河南周口左右，旧都淮阳。“曹风”四篇，曹国在今鲁西南的菏泽曹县一带。

“周南”“召南”“豳风”是《诗经》里的“正经”，是西周的诗。东周之后，“王者之迹熄而诗亡”，王室弱，诸侯兴，诗亡而史著，进入这个节骨眼儿，不再以诗“言时政”“知兴衰”，史书写作开始兴起，这一时期，诸侯国开始通行著国史，多以“春秋”做史书名称。其中晋国的史书叫《乘》，楚国的史书叫《梼杌》。孔子在鲁史《春秋》的基础上，修撰而成大《春秋》。修撰《春秋》的同时，编辑出《诗经》，诗与史就是这么衔接而成的。后世通称史为“春秋”，而不称“乘”或“梼杌”，在于《春秋》笔法的大器，以及孔子卓越的历史判断眼光。

中国人观念中的史诗，不是以宏大叙事为诉求，而是以冷静醒世为核心内容，一个人清醒的活着，不会做糊涂事。一个时代以清醒为基调，则是夯实了生活理政的基础。

董仲舒的查史方法

历史的学名叫“春秋”，而不叫“冬夏”，是有渊源的。

孔子写《春秋》，一万八千言。以鲁国十二位君主（隐、桓、庄、闵、僖、文、宣、成、襄、昭、定、哀）为线索，覆盖一百二十个诸侯国。“《春秋》详己而略人”，记载史事，鲁国详细，他国简约。周朝的国体是粗糙的“联邦制”，最多时兼容八百个“加盟国家”，到孔子所处的时代，还有一百二十多个，后世史家确定这个国家数字，是因为《春秋公羊传解诂》里的一句话，“制《春秋》之义，使子夏等十四人求周史记，得百二十国宝书，九月经立。”当时只有一百二十个国家吗？子夏等人有没有疏漏，不知道。

《春秋》把历史分为三个档期，“有见，有闻，有传闻”。见，指孔子亲历的时代，所见三代六十一年：鲁哀公、鲁定公、鲁昭公。闻，指听亲历者讲述的上代，所闻四代八十五年：鲁襄公、鲁成公、鲁宣公、鲁文公。传闻，指据史载记述的远时代，传闻五代九十六年：鲁僖公、鲁闵公、鲁庄公、鲁桓公、鲁隐公。“于所见，微其辞”，孔子写当世，用笔隐讳，有所顾忌。“于所闻，痛其祸”，写听人讲述的上代，就带感情了，对于祸国的事情，下笔不含糊，也伤感。“于传闻，杀其恩，与情俱也”，据史料而成的远代，感情淡了，直抒胸臆，就事论事。孔圣人写他所处的时代，也是非常谨慎，不敢掉以轻心的。

“不知来，视诸往”，是《春秋》的立书基本。未来蕴藏于往事之中，往事千头万绪，如天空，天是空的吗？朗朗苍穹，于没眼的人一无所见，于有心的人无物不有。“弗能察，寂者无；能察之，无物不在。”“天亦人之曾祖父也”，老天爷比爷爷辈分还高，但老爷爷言辞金贵，不随便说话的，“天不言，使人发其意；弗为，使人行其中”。在一个时代里，人们对天的认识有多大，这个时代就有多大。

董仲舒把“王”这个字读出了深意：“古之造文者，三画而连其中，谓之王。三画者，天、地与人也，而连其中者，通其道也。”贯通了天地人，是王；疏忽了地和人，天也是枉为的。“知广大而有博，唯人道可以参天。”天育万物，但人是世道上参天的树。

世间有春夏秋冬，“春气爱，秋气严，夏气乐，冬气哀”。“春主生，夏主养，秋主收，冬主藏。生溉其乐以养，死溉其哀以藏，为人子者也。故四时之比，父子之道也。”春生夏，秋藏于冬，循父子之道。以天地四时喻人间历史，以“春秋”命名就够了。

董仲舒的查史方法，讲究慧眼识珠玉，好高却不骛远，下扎实细致功夫，一部《春秋繁露》，是得了天地独厚的。

一根由神奇到神圣的棍子

我们中国最原始的计时工具，是一根棍子，学名叫“表”。

棍子被垂直竖立在地面上，立竿见影，“光阴”就被捕捉到了，“光阴”这个词的初意是光之影。先民们通过观测计量影子的位移，按区域区分时间。大自然中的时空，本来是无间的，一切都那么混沌存在着。“天地未剖，阴阳未判，四时未分，万物未生，汪然平静，寂然清澄，莫见其形”（《淮南子·俶真训》）。这根棍子立在地面之后，时间的概念就产生了。自此，人的生活轨迹清晰起来，有了时间，才开始有可靠的历史记录。

对“时间”的发现，是人类认知天地最重要的突破口，是作为人的华丽转身，先民们用智慧把自己从普通动物中完全剥离出来。据科学史家判断，这个时期是在公元前 6500 年的伏羲时代。

我们今天手上戴的，墙上挂的表、钟表，它们的祖先就是那根棍子，有序跳动的秒针，是对光影位移的生动描摹。

光阴是被一寸一寸捕捉到的，这个过程，既缓慢又漫长。

先民们观测太阳，也观测月亮，太阳出没和月亮盈亏是捕捉“时间”的两个基本点，并由此发现了天地运行的轮回规律，逐一捕捉到日、月、季、年这些概念。昼夜交替为一日，月相变化的周期为一月。

四季的发现与定位要晚一千多年，到了神农氏和黄帝时期，距今约五千年至四千五百年。神农氏即炎帝，中国人称自己是炎黄子孙，中国人的大历史由此开启序幕。首先被认识到的是春秋两个季节，这一时期，先民们已经广泛使用火，并且辨识出一些草药，初步认识到食用植物和药用植物的区别。农耕生产是这一阶段最时尚的生活方式，春种秋收，把农作物的果实带回家里，烹调出家常饭，告别打野食的日子，进入“想吃什么种植什么”的新常态，人们开始尝试着主宰自己的命运。

在对日月运行的细致观测中，人们锁定了春分和秋分。这两个日子，太阳投在地面的光影长度相同，白天和黑夜均分，先民们给这两天命名“日夜分”。接下来，又锁定了冬至和夏至，“至”不是来到的意思，而是“极至”。冬至，投在地面的光影最长；夏至，投在地面的光影最短。对春夏秋冬四个节点的认定，是在神农氏时代完成的，而对四个季节变化规律的整体认知，已到了尧的时代，约公元前 2300 年。这一时期，观测天象，以及计时的工具都有了科学的进步和提升，并且成立了观测天象的专职机构，任命重臣担任主官，“乃命羲和（羲与和是两大氏族首领），钦若昊天，历象日月星辰，敬授民时”（《尚书·尧典》）。“两分两至”的最早命名，记载在《尚书·尧典》中，春分称日中，秋分称宵中，夏至称日永，冬至称日短。“日中，以殷仲春”，“日永，以正仲夏”，“宵中，以殷仲秋”，“日短，以正仲冬”。

春夏秋冬，再加上天和地，被先民称为“六度”，最初的标准和原则形成了，“阴阳大制有六度：天为绳，地为准，春为规，夏为衡，秋为矩，冬为权”（《淮南子·时则训》）。中国的历史，后来以“春秋”为别名，不仅因为孔子著的那部史书，还在于先民传习下来的对春秋两季的认知理念：春为规，秋为矩，历史是给人世间树立规矩的。

年和岁概念的形成也在尧帝时代，年和岁是有区别的，“年，谷熟也”（《说文解字》），谷物由种植到收获的一个寒来暑往周期为一年。岁是天文学的概念，一个节气到下一年这个节气的区间为一岁。《尚书·尧典》中的记载是“以闰月定四时成岁”。一岁的周期是“期三百有六旬有六日”，旬是计算日期的概念，古人以天干地支计时日，天干甲日到癸日的十天时间为一旬。《尧典》中记载的366天为一岁，这个时间的界定是经过缜密计算的。现代科学技术测定一个回归年的精确时间是 365 天又 5 小时 48 分 46 秒。

“以闰月定四时成岁”的这一时期，先民们已经捕捉到了太阳运行规律与月亮运行规律的时间差，并以“置闰月”的方法进行补充。月亮绕地球一周十二个月，按大小月计算有三种天数 (大月三十天，小月二十九天)，分别是 353 天，354 天和 355 天，而一岁是 366 天，中间差为十一天左右，因此，每三年增加一个月，称“置闰月”。中国历法中的置闰，自尧时代开始，但这时的闰月一般放在年终，称“十三月”。汉武帝颁布太初历（前 104）之后，闰月的设置更加精细，形成了保持至今的“三年一闰，五年两闰，十九年七闰，四百年九十七闰”的置闰时间表。设置闰月也不再放在年底，而是采取因时置闰，比如 2020 年闰四月，就是在农历四月之后设置闰月，也就是说，农历 2020 年有两个四月。

在尧时代，这根棍子的原始使命终结了，但没有退休，而是转业，尧帝把它竖立在“政府”办公处前的广场上，命名为诽谤木，并赋予其新的使命——倾听不同的政见之声。但这个时候，还不是倾听大臣和百姓的批评意见，准确地说，是向老天做检讨的地方，国家发生了灾难——地震、瘟疫、旱涝或者重大的军事失败，尧帝亲率百官在诽谤木前向老天爷悔过，请求责罚。这根棍子由观天转业到天问，由仰观天象，到替天行道，进而俯察世道民心，由神奇升华为神圣。

中国古代核心的政治理念“君权天授”的形成与此有关，天是至高无上的万物神明，人间的君主是天之子，应法天而行。“天高其位而下其施，藏其形而见其光。高其位，所以为尊也。下其施，所以为仁也。藏其形，所以为神。见其光，所以为明。故位尊而施仁，藏神而见光者，天之行也。故为人主者，法天之行。”（《春秋繁露·离合根》）

贰 文章千古事

一个人在世上走一遭，
是综合地活着，仅会做些事情是远远不够的。

心中贼

“破山中贼易，破心中贼难”，这是大学问家王阳明说的。

他这话真是说到点子上了，虽说人心都是肉长的，但这一块肉实在博大精微，复杂无极——比天高，比地厚，比海深，比火热，比金贵，比冰凉，比铁硬，比纸薄。世态千万般的演化变故，发祥地和归宿地全在这一块肉上。还有一副老对联，说的也是这一层意思：“百善孝为先，原心不原迹，原迹家贫无孝子；万恶淫为首，论迹不论心，论心世上少完人。”

心中贼是原罪。佛门称恶念，由恶念生成十恶业，杀、盗、淫，这是身体上的；妄语、绮语、两舌、恶口，这是嘴上的；贪、嗔、痴，这是心里的。十多年前，平凹主编在书柜上写过八个字，“群居防口，独坐防心”。这几天西安雨水勤，房子又在漏雨，早晨去看他的办公室，这八个字依旧新鲜。

纪晓岚写过两种心中贼：一个富婆叫张太夫人，养着一只小花狗，自己岁数大了，狗由几个丫鬟带领着，平安和谐地过日子。故事由厨房的肉总是丢失开始，丫鬟们怀疑是狗偷吃的，集体做出了一个决定，把狗私下里杀了。这件事过去几天了，却一直过不去。有一个丫鬟叫柳意，是个很漂亮的女生，每天晚上做噩梦，那条花狗在梦里追着咬她。张太夫人知道情况后，说了一番很有水平的话："群婢共杀犬，何独衔冤于柳意，此必柳意亦盗肉，不足服其心也。"把柳意叫过来审问，果然如此。恶是隐不住的，我们的传统观念不仅憎恶，对隐恶更憎。

第二位是个老学究，旧说法叫宿儒。一天夜里，无常鬼来捉他，他以为寿限到了，就跟着走，到地府销生死簿的时候，才知道抓错了人。老学究大义凛然，要求拨乱反正，不依不饶的，还要追究责任。城隍是地方法官，给他赔礼道歉，杖责无常鬼二十棍。老学究素有得理不饶人的名声，如今鬼也不肯轻饶。最后首席大法官阎王爷出面了，才马马虎虎地了结。阎王说，事情是糊涂鬼做出的，是疏忽，也没造成严重后果，又不属于人间官府的存心害人，您老人家高抬贵手吧。"夫天行不能无岁差，况鬼神乎？"在阎王爷那里，心机正邪是判断一件事情的重要标准。

这两天还听说一件新鲜事。一个有钱的医生办了一家公司，请他的中学同学做董事长。这董事长是虚职，不用上班，年薪五万。这位同学流年不顺，又下了岗，正在家里恓惶着数日子，见天降及时雨，以为人到中年改了运程，铁树要开花了，千恩万谢地接了证书，并且逢人就夸誉老同学。但几年之后公司违法经营被查封，董事长是首犯，及时雨变成了六月雪，他是欲哭无泪，毕竟几年的钱是自己亲手拿了的。同学还是同学，医生还是医生，只是他成了囚犯。

把这件事说给平凹主编，顺茬说到心中贼。他说以前去一个村子，见过一个废置的土地庙，门前的对联字迹已模糊了，但字还能认全，是“这一街许多笑话，我二老全不作声”。

空指什么

空有两个方面：一方面是没有，另一方面是有。

以人为例。比如我们人的身体，男人英猛或猥琐，女人靓丽或丑陋，如果没有灵魂，就是一种空。如街坊邻居说的那种话，瞧老赵家那个丫头，花容月貌的，就是缺心眼，可惜了的。有肉体，没有灵魂，就是肉架子；而有灵魂，没有肉体，更是空。设想一种念头或思维，幽灵一样在半空里悬浮着，找不到承载的东西，没着没落的，那种空是无根的逍遥。

一个人刚生下来，不过几斤几两重，几十厘米长短，所有的一切都是慢慢长大，一点一点充实。肉体和灵魂是很实际的，是一天一天增长起来的。肉体和灵魂也是相辅相成的，浑然一体。肉体高于灵魂，是邻里的笑料。灵魂高于肉体，也要格外注意，一个小孩子被称为神童，家长要特别留心孩子以后的成长。霍金是灵魂高于肉体的典型，极端的天赋人才，毕竟是极少数。

再以作家写作为例。一篇文章要“言者有言”，若仅有精致的修辞，如庄子批评过的“言隐于荣华”，思想被文字表面的美遮住，这篇文章就是空洞的，相当于一个人缺心眼。但一个作家写作，如果一味地“政治正确”，也应该多斟酌斟酌。“跟风作家”最终的结果是跟不上风，像倒班车，追上了这趟，追不上下一趟。庄子提醒过，要防止“道隐于小成”。《金刚经》说得更严厉，“一切有为法，如梦幻泡影，如露亦如电，应作如是观。”

空也是大有。天空里的东西很多，太空里更多。佛经里边的话叫真空妙有。空是更高一层的境界，是有待于人们去认识去发现的境界。

国画里的留白是一种空，音乐里的瞬间停顿是一种空，文学描写里的闲笔是一种空，这些空里都潜在着奇妙的魅力。

《西游记》是一本大书，给人物起名字也极具内涵。八戒叫悟能，是长点儿真本事的意思。孙行者叫悟空，要且行且思，要让自己的行为上境界，要有国画里的留白，要有音乐里的瞬间停顿，要有文学描写里的闲笔。吴承恩把孙行者定位为猴子形象，是生花妙笔。一个人在世上走一遭，是综合地活着，仅会做些事情是远远不够的。儒家讲的“修为”中，“为”是一层意思，不断地修正所为是更深一层的意思。

儒家讲的“修为”中，“为”是一层意思，不断地修正所为是更深一层的意思。

谁敢窥天机

纪晓岚写过三个酒鬼。

一位叫张子仪，嗜饮。五十多岁那年的一天，他因感冒死了，但装殓的时候，人突然又苏醒了，对惊魂未定的家人说：“我的病好了。刚才到了地府，见走廊上有三个大酒瓮，瓮上均有‘张子仪封’题字。只有一个启封了，但其中还有一半酒。我估计三瓮酒喝完了，我的路才会走到头。”接下来“复纵饮二十余年”。二十多年后的一天，他又对家人说：“这回差不多了，昨晚梦里到地府，见那三个瓮都空了。”没过多少天，张子仪无疾而终。

叶守甫是德州的老中医，有一天，他和家人赶夜路遇雨，见路边有一座废寺。寺门虚掩，门上隐约有八个字，“此寺多鬼，行人勿往”。老中医心里明白，庙和堂这类大房子，神不住，鬼就去占据。但风雨急迫，前后也没村没店，只好硬着头皮往里走，但进门先拜，高声说：“过客遇雨，求神庇荫，雨止即行，不敢久稽。”天花板上传出一深沉平静的声音：“感君有礼，但今日大醉，不能见客，请谅解。”又说：“客人请东壁坐，西壁有蝎子。不要喝檐流水，有蛇毒。殿后边酸梨熟了，可摘些吃止饥渴。”老中医一行“毛发植立，噤不敢语。雨稍止，即惶遽拜谢出，如脱虎口焉。”

第三位是一只狐。书生朱静园有一狐友，一天，二者在朱家饮酒，狐大醉，睡眠花下。酒醒后朱静园问狐：“我听说，贵族醉后多变原形，我就用一件衣服盖你身上，一直守在你身边，你怎么一点儿变化也没有？”狐说：“这要看道力的深浅而定，道力浅，醉了变，睡熟了变，遇仓皇惊怖事也变。道力深者能脱形，已归人道，何变之有？”朱静园提出拜师学道，狐拒绝了，并且说了一段很有水平的话：“凡修道，人易而物难，人气纯，物气驳也；成道，物易而人难，物心一，而人心杂也。炼形者先炼气，炼气者先炼心，所谓志气之帅也。心定则气聚而形固，心摇见气涣而形萎。”自这番话后，朱静园悟道了。坊间“狐朋狗友”这个词，多指交朋行邪，为党不端。朱静园有福气，交了一个诤友。

纪晓岚写酒鬼，在我读来，即是窥天机的一种。“酒”字的读音，同“九”和“久”，九在最高处，久在最远处。到达这两个地方，既不在一朝一夕，也不是一般人力所及，而需要点儿天赋。天赋是老天爷发的奖品。芸芸众生，都是老天爷的属下，老人家为什么单发给你？这就是世事的奇妙之解了。窥天机不是偷偷看，更不是趁机使巧，但究竟怎么窥，我说不清楚，也道不明白。王国维说得好，人生三境界里最难的那一重，是“众里寻他千百度，蓦然回首，那人却在灯火阑珊处。”

神话与鬼话

神话与鬼话，都是人说的。抄几个老段子，语出袁枚《子不语》。

第一则《太白山神》：

秦中太白山神最灵。山顶有三池：曰大太白、中太白、三太白。木叶草泥偶落池中，则群鸟衔去，土人号曰“净池鸟”。

有木匠某坠池中，见黄衣人引至一殿，殿中有王者，科头朱履，须发苍然，顾匠者笑曰：“知尔艺巧，相烦作一亭，故召汝来。”匠遂居水府。三年功成，王赏三千金，许其归。匠者嫌金重难带，辞之而出，见府中多小犬，毛作金丝色，向王乞取。王不许，匠者偷抱一犬于怀辞出。路上开怀视之，一小金龙腾空飞去，爪伤匠者之手，终身废弃。归家后，忽一日雷雨下冰雹皆化为金，称之，得三千两。

第二则《李文贞公梦兆》：

相公光地未贵时，祈梦于九龙滩庙。神赠诗一联云：“富贵无心想，功名两不成。”李意颇恶之。后中戊戌科进士，为宰相，方知“戊戌”两字皆似“成”字而非“成”字，“想”字去“心”恰成“相”字。

第三则《产麒麟》：

芜湖张姓者，卖腐为业，其妻孕十四月，生一麒麟，圆手方足，背青腹黄，通身翠毛如绣，左右臂有鳞甲，金光闪闪。坠地能走，喂饭能食，好事者以为祥瑞，方欲报官，而是晚死矣，距生时只七日。

第四则《生夜叉》：

绍兴郑时若秀才妻卫氏，生一夜叉，通体蓝色，口豁向上，环眼缩鼻，尖嘴红发，鸡距骆蹄，落胎即咬，咬伤收生婆手指。秀才大惧，持刀杀之。夜叉作格斗状，良久乃毙，血色皆青。其母亦惊死。

第五则《人面豆》：

山东于七之乱，人死者多。平定后，田中黄豆生形如人面，老少男妇，好丑不一，而耳目口鼻俱全，自颈以下皆有血影，土人呼为“人面豆”。

第六则《狐仙亲嘴》：

隐仙庵有狐祟人，庵中老仆王某恶而骂之。夜卧于床，灯下见一女子冉冉来，抱之亲嘴。王不甚拒，乃变为短黑胡子，胡尖如针，王不胜痛，大喊。狐笑而去。次日，仆满嘴生细眼，若猬刺者然。

带些人味的神话与鬼话，纵然不足信，但给人警醒，也可以填闲做下酒菜。没有人味的神和鬼，让人敬而远之。如今去大街上、世面上走走看看，这类生物真是不少呢。

道　理

道是讲理的，也是有自己规律的。

“道”这个字，头在上，腿脚在下，思想与践行融为一体。空想，瞎琢磨，或本本主义，唱高调都不是道，低头拉车不看路，也不是道。每一条路都是有方向的，要用脑子去辨识。我们中国人爱用走路比喻人生一世。“行路难”，是人活着不容易。“读万卷书，行万里路”，仅仅多念书不够，要经历世事，多加历练。还有坊间那句自吹自擂的话：“我过的桥比你走的路多。”桥是路的断裂地带，是事故多发区，是人生的麻烦处和要紧处，智慧者是在经过这种路况时才显出过人之处的。以前对皇帝有明君和昏君的判断，明君不是事事明了，而是对涉及国家命脉的大事摸得准，把得牢，拎得清。历史上有多位昏君，平常日子都明白着呢，只是每逢大事才糊涂。

人生卑微，不如草芥，草芥有根呢，枯了可再荣，年复一年葱茏度日。人没有根，死了就死了。如果不想一了百了，就多做些事情。人做事情就是给自己扎根，做大事，是扎深一点儿的根，根深，枝叶自然繁茂。青史驻名的那些大人物，就是把自己植根在世道人心里边了。

道貌岸然，是表面现象。道法自然，大道无形，指道的复杂和无量。但道不是虚无缥缈的，道是人间道，道的地基是常识，是寻常生活里过滤出来的认识和见识。

孔子多次在水边给学生上公开课，见到现实的场景，小题大做，展开他沧桑的心路。典型的有两次，一次是在波涛汹涌的河段见到一位“操舟若神”的船夫，一次是见到激流旋涡里淋漓畅快的泳者。孔子用“轻水”和“忘水”点评船夫，“轻水”是了解水，掌握了水的性格才可以做船夫。“忘水”是和水打成一片，像鱼那样融于水。一条船翻了，落水的人可能惊慌失措，但船仓里的鱼有得水之乐呢。孔子向技艺高绝的泳者提出问题，引导泳者沿着问题思路回答。泳者说：“我是在水边长大的，在山靠山，在水吃水，慢慢的，水就是我的命了。”孔子得出的结论是，成就事业者，都是找到自己本命的人。

世道有人心。孔子的自我评价是：“吾少也贱，故多能鄙事。”这不是故意低姿态，是老僧的家常话呢。

人　气

世上的气，从大原则上说，有三种：地气、空气、人气。地气是热的，在深层里藏着，遇着水，水成温泉；遇着煤，煤会自燃；遇着缝隙，更了不得，要地震。空气是天空和太空里的气，是冷热交加的。但我们仅能享受其中很少的一部分，我们离不开空气，我们需要呼吸，需要雨，需要雪，甚至需要风霜磨砺我们可怜的意志。但可悲的是，我们“伟大”的人类承受不了太多的空气，承担不了太多的霜冻、雨灾、雪灾。我们热爱地气和空气，但不敢多爱。

人气也分三个阶级。最基本的是人和。人和是修养，有修养的人有人缘，像那句广告词说的，人气旺旺。第二个层面叫骨气。人都是挣扎着往前生活的，受伤了也不想倒下去。纵使倒下去了，也会告诫自己：从哪里倒的，再从哪里爬起来。这两个层面是多数人可做到的，稍尽心，即可成。

第三层要困难些，因为不具体，是务虚的存在。借佛门的话说，这种气叫光焰。人都是有光焰的，普通人的光焰长度恰好是双手自然伸展开一圈，在人的周身紧紧环绕着。健康的时候光焰是明亮的，生病以后要暗淡些。强人的强处是光焰向外扩延得多一些。佛是大光明，无法无边，但俗人看不到。这种光焰的别称叫魄，“气魄”这个词就是这么来的。人死烛灭，指的是这种光焰从头顶飞走了。人死的医学标准是停止呼吸，生物标准是魂飞魄散。魄的根是魂，又叫精神。中国魂就是中国精神。我们常说到“精气神”这个词，气很重要，在居中的位置。

人气的最高境界是生命之光。

大实话

纪晓岚的《阅微草堂笔记》是写身边事眼前事的，但小题大做，片羽吉光，一羽飞鸿，且心宽眼亮，笔法也自成一格。选两则札记，一为官场风气，二为兄弟失和。

第一则：

有旧家子夜行深山中，迷不得路。望一岩洞，聊投憩息，则前辈某公在焉。惧不敢进，然某公招邀甚切。度无他害，姑前拜谒。寒温劳苦如平生，略问家事，共相悲慨。因问："公佳城在某所，何独游至此？"某公喟然曰："我在世无过失。然读书第随人作计，为官第循分供职，亦无所树立。不意葬数年后，墓前忽见一巨碑，螭额篆文，是我官阶姓字。碑文所述，则我皆不知；其中略有影响者，又都过实。我一生朴拙，意已不安。加以游人过读，时有讥评；鬼物聚观，更多讪笑。我不耐其聒，因避居于此。唯岁时祭扫，到彼一视子孙耳。"士人曲相宽慰曰："仁人孝子，非此不足以荣亲。蔡中郎（蔡邕）不免愧词，韩吏部（韩愈）亦尝谀墓。古多此例，公亦何必介怀？”某公正色曰：“是非之公，人心具在。人即可诳，自问已惭。况公论具存，诳亦何益？荣亲当在显扬，何必以虚词招谤乎？不谓后起胜流，所见皆如是也。”拂衣竟起，士人惘惘而归。

第二则：

有陈至刚者，其妇死，遗二子一女。岁余，至刚又死。田数亩、屋数间，俱为兄嫂收去。声言以养其子女，而实虐遇之。俄而屋后夜夜闻鬼哭，邻人久不平，心知至刚魂也，登屋呼曰：“何不祟尔兄，哭何益？”魂却退之数丈外，呜咽应曰：“至亲者兄弟，情不忍祟。父之下，兄为尊矣，礼亦不敢祟。吾乞哀而已。”兄闻之感动，詈其嫂曰：“尔使我不得为人也！”亦登屋呼曰：“非我也，嫂也。”魂又呜咽曰：“嫂者兄之妻，兄不可祟，嫂岂可祟也！”嫂愧不敢出。自后善视其子女，鬼亦不复哭矣。使遭兄弟之变者，尽如此鬼，宁有阋墙之衅乎？

此二则都出自《阅微草堂笔记 卷十三 槐西杂志三》。纪晓岚冷眼看世事，但心是热的，文风也朴实，笔下全是老百姓的大实话，不扭捏文人腔，不高瞻远瞩地提升境界，更不乾隆爷长乾隆爷短的。一篇文章，百年之后再读，仍然新鲜，仍不过时，就应了杜甫的那句诗，“文章千古事，得失寸心知。”

隐　士

隐士，是投弃权票的人。

反对党不是隐士，持不同政见者也不是隐士，隐士不是振羽而歌的高士。做到真隐的人，不是政治见解上有异同那个层面，而是人生态度有区别，是舍而不取。“天地闭，贤人隐”，“不事王侯，高尚其事”，“道不同，不相为谋”，这些被摘录出来表彰隐士的千年佳句，是把隐士片面化了，也低估了。

许由是记载最早的隐士，尧说让位给他，他坚辞不就，跑到山下的河里去洗耳朵。可能听了这样的话有生理反应，耳朵不舒服。后来舜请他出山做九州长官，当时的中国疆域是九州，相当于总理，他仍去河里洗耳朵。这是“洗耳恭听”这个词的由来。如今河南汝州有洗耳河，相传许由就是那一带人。

伯夷叔齐是山海关一带人，那一带在商代属孤竹国，这二位是孤竹国君的长子和三子。国君遗旨传位给叔齐，叔齐搞孔融让梨那一套，王位让给大哥坐，僵持不下，两人索性谁也不坐，到海边隐居。后来慕名西伯姬昌贤德，也就是周文王，徒步几千里走到陕西岐山，但姬昌已逝，正赶上姬发（即周武王）拉着爸爸的棺椁去讨伐纣王，兄弟二人苦苦劝阻，主要讲了两个理由：一，安葬你爸爸是大事；二，不要以暴行易暴政。武王灭商建周后，老哥俩又徒步走到首阳山，即今天山西永济一带，不食周粟，最终饿死在那里。

这是两个不涉政务的例子。商山四皓，也是著名的四位大隐，即东园公、夏黄公、绮里季、角里先生，他们确有涉政的重要经历。秦末汉初，他们隐居商洛山，平凹主编的老家一带。刘邦当年不太满意长子刘盈，生废太子之心。刘盈的好妈妈叫吕后，通过熟人请四皓出山。四位老汉出山时均八十多岁了，鸡皮鹤首，白发飘飘。于是刘盈顺利接班，是为汉惠帝。

最大的隐不在穷乡僻壤，是在人欲横流的地方，在闹市，在官场。在仕途中，少说话，少做事，少出头，少跟风；不抱怨，不折腾，逆来顺受，得过且过，就做到了老话讲的“大隐隐于朝”。《古今谭概》有一段记载，味道十足。陕西富平人孙叔考是明朝嘉靖年间的进士，官至吏部尚书，一天，一堆进士找他请教为官之道，他说：“做官无大难事，只莫作怪。”

真隐士是没有故事的。上边述及的几位，名声鼎沸了几千年，隐了什么呢？比显还显。孙叔考的这句话，倒是大隐士的座右铭。

笨 人

笨守本分，“竹其表曰篦，其里曰笨”，这是《广雅·释草》给笨的定位。

战国时候有一个笨人，叫商丘开，不仅笨，而且穷，衣食住行皆忧，在荒郊野外搭个草棚混日子。一天来了两个举止不凡的人借宿，半夜里听到两位高士激赏他们的领导人。领导人叫范子华，无官无职，但社会名望广播，用当今的术语讲叫达人。这位达人是晋国人，不仅有虚名，还有社会势力，“使存者亡，亡者存，富者穷，穷者富”，“目所偏视，晋国爵之；口所偏肥，晋国黜之”。他看中的人，一路飙升；他不待见的人，在晋国没有容身之地。

我们科举取士制度是从隋朝开始的，在此之前，民间的人才是靠推荐脱颖而出的，老话叫“察举”。察举者就是这些达人，各种各样的才俊都投身到达人的门楣之下，这是达人成为显贵的基础。战国时候门客风气热行，到了东汉阶段，门阀之乱甚至动摇了国家的根本。国家实行科举取士之后，门阀传统在民间依旧存留着，近代上海的青红帮，以及如今正在打击中的“黑恶势力”，都能找到当年的影子。

于是商丘开做出了一个决定，借粮借盘缠，去投奔范子华。但范氏门庭广大，“门徒皆世族也，缟衣乘轩，缓步阔视”，在这些人眼中，商丘开的形象是“年老力弱，面目黎黑，衣冠不检”。他最初得到的待遇是，“狎侮欺诒，挡挞挨扰，亡所不为”。古人用词真是准确而鲜活，“挡挞挨扰”，这些字真是给汉语插上了形象的翅膀。在这样的礼遇面前，商丘开并无“愠容”，但他的心态不是忍辱，而是自知不及，坦然面对自己的不及。这样的心态叫“诚”。一个人心里有了诚，就给做大事打好了底子。

门客们还用两件具体的事取笑他：

第一件事是在一个高台之上，该有几层楼高吧，有人提议说，“有能自投下者赏百金”。大家说好呀好呀，显然是事先商量好的。商丘开“遂先投下，形若飞鸟，扬于地，肌骨无毁。”

第二件事是在一条河的急转弯之处，有人指着汹涌的旋涡说：“彼中有宝珠，泳可得也。”于是“商丘开复从而泳之，既出，果得珠焉。”

商丘开的这两次表现引起了范子华的重视，“令豫肉食衣帛之次”，待遇被提高了，穿上了白领衣服，吃饭也坐到了有肉食的桌子上。真正改变商丘开命运的是一场火灾。

“范氏之藏大火，子华曰：‘若能入火取锦者，从所得多少赏若。’商丘开往无难色，入火往还，埃不漫，身不焦。”门客们都服气了，以为他是得道之人，纷纷向他道歉。商丘开说，我没有道，我是带着改变命运的想法来到这里的。你们说什么，我都觉着是真的，没怀疑过。“唯恐诚之之不至，行之之不及。”“心一而已。物亡迕者，如斯而已。”

商丘开讲的话，用大白话说就是心诚则灵。笨是不设防，不设防有什么益处？醉鬼、睡熟的人以及婴儿从高处摔下来，所伤是无大损的。笨还有一层内涵，就是肯下死力气。心诚，再加上一膀子死力气，只要不是航天飞船入太空那类高科技的事，世上很多难题都可以解开。再说，商丘开做的这三件事，对于穷困潦倒、苟活于野外的他来说，还是有一点儿基本功的。

商丘开不仅改变了自己的命运，也影响了门客们的人生观，“范氏门徒路遇乞儿马医，弗敢辱也，必下车而揖之。”

我们的传统文化重视诚，“至诚之道，可以前知”。诚和信是有区别的。宗教讲信，讲信心，信则得救。但要留神信的外围还有不信那种阴影。信没有诚那么透亮。诚心是把自己的内心打扫得干干净净。太上老君手里的那把拂尘，是修诚心的法具。

钱语录

从前的文人忌谈钱，称呼钱是铜臭。铜板的撞击声清亮悦耳，铜有什么臭的？臭是重农轻商的旧观念，无奸不商，臭的是欺蒙奸诈。“货”这个字不仅指物，基础是钱，还隐含着贸易行为，因此衍生出“什么货色”那句粗话。

一天和平凹主编聊天说及钱观念的变化，他一口气说了一堆充满趣味的钱语录：

钱是镇宅之宝，盖一处院子，在墙角埋几捆子钱，宅子就镇住了。

钱和爱情一样，你爱它，它才爱你；你对它漠不关心，它就弃你而去了。

1993年的时候，一元硬币刚刚上市流通。一次发工资，平凹主编请会计帮忙去银行换回两盒一元硬币，盒是牛皮纸质，带着粗陋的原包装，每盒五百枚硬币。因为是我经手的，就扣留了一盒。他当时很心疼，还在盒子上写下了一段话。这一天聊天是在我家，趁他侃侃奢谈钱的空隙，我从柜子里找出十八年前的那件收藏，给他朗读包装盒上当年的那段留言："读古书见人背钱，甚是眼红，如今有工资和稿酬，但皆是纸币，分量上就失去了自得的感觉。今从银行取了两盒各五百元的硬币，沉甸甸的真好，哪儿有褡裢呢？快通知三五好友，在大麦市街食品店门口等着，不买吃的，可以看看我的威风，如何？穆涛索要一盒，特记。平凹，九三，十二，二。"

清朝名相朱珪是著名的不爱钱人。史评是"崖岸高峻，清绝一尘"。他作古的那一天，卧具是布被布褥，"见者莫不悲感，仁宗（嘉庆皇帝）亲赐奠"。嘉庆是朱珪的学生，"甫至门即放声哭，且赐以挽诗，有'半生唯独宿，一世不言钱'之句"。这是《大清见闻录》里的记载，写朱珪的不爱钱。这本书里还有一段写他的爱钱。"与新建裘文达（裘曰修，纪晓岚的受业师）公最善。一日至裘处，闲谈忽叹曰，贫甚奈何，去冬上所赐貂褂亦付质库矣。裘笑曰，君生成穷命，复何言。我管户部，适领得饭食银千两，可令君一扩眼界，因呼仆陈之几上，黄封灿然。公注视良久，忽起手攫二元宝，疾趋登车去。"

爱钱爱出趣味才可爱，不爱钱的人在钱上弄出趣味更是可爱。

冠 名

《金刚经》本经开篇一句是："如是我闻，一时佛在舍卫国祇树给孤独园。与大比丘众，千二百五十人俱。"祇树给孤独园是佛讲经的地方，是一处园林建筑，占地八十顷。祇树指一个人，给孤独是另一个人。经堂由这两位捐建，就由他们冠名了。

给孤独是舍卫国的首富，据南怀瑾老人考据，他还是拜火教的教主。这位长者乐善积德，扶贫助困，怜孤悯独，且一心向佛。一天，他去请佛说正法，佛告诉他，你先去盖一个教室吧。给孤独决定盖一座最好的房子，房址选定的就是那块八十顷的土地，地方平正，树林茂密。但这块土地是属于舍卫国祇陀太子的，太子提出的条件很苛刻，要用黄金打造的叶子铺满八十顷地时，这块地才卖给他。给孤独没犹豫，真的去做了。黄金叶铺到一半的时候，祇陀太子很感动于他的诚心，于是两人合力造好了教室。《金刚经》就是在这个教室讲授的。

《金刚经》里有一个很好的词，叫“善护念”，念是念头、动机。善护念就是好好对待你的动机。一念之差，可能就谬误千里。做一件事情，动机是缘起，是种子，是因果里的那个因。种瓜得瓜，种豆得豆，指的就是因的重要。如果种瓜得豆，就是没有做到“善护念”。“种豆得瓜”是妄念，是侥幸心理。

冠名也是正名分的一种，是给自己戴一个帽子。帽子无论大小，都是惹人眼的东西。刻意戴上的，或随手戴上的，还是阴差阳错戴上的，乃至孙悟空那种被引诱着戴上的，已然带上了，名分就植根其中了。带名分的帽子，自己是摘不下来的。

冠名是什么？表面上看是权威，是财富，但要实现因果，重要的还在于那一颗具足的诚心。

㊂ 坊间言

坊间言是口碑。
既然是口碑，自然就没有屹立之处，
如野草一样迎风招展。

博览与入世

读书和吃饭一个道理，吃饭长身体，读书长脑力，长精神。有人说读书是雅事，我觉得是苦事，是实在事，是需要辛苦扎实去做的一件事。一说雅，就虚了，弄虚就会有假。

我们中国人有重视读书的传统，有一句老话，“万般皆下品，唯有读书高。”还有一句，“书中自有黄金屋，书中自有颜如玉。”听着俗，金钱美女什么的，但话粗理端。今天的话说得文明，叫“知识改变命运”。不仅老百姓重视读书，皇帝也重视，一个人把书读好了，科举考试中了状元，皇帝会把女儿许配给他。

中国人重视读书的这个传统，是古代政府用一项制度推动形成的，即“学而优则仕”，读书出众的人，又有能力，可以出仕做官。这个“优”字，最初不是优秀的意思，而是指有余力，有做事的能力。汉武帝时期，推出一项“国家公务员”选拔制度，叫“察举制”，半推荐半考试模式，各地推荐“读书种子”到长安，经过一年的集中学习，之后考试。考五本书，即儒家经典著作“五经”：《诗经》《尚书》《礼记》

《易经》《春秋》。读通一经的，就拿到了做官的“上岗证”，“通一艺以上，补文学掌故缺”。“文学”和“掌故”是两个职位，相当于文秘和地方志官员。读通“五经”的学霸，待遇很好，皇帝亲自手书嘉奖令。汉代设置“五经博士”，相当于今天的院士，学术地位很高。这个制度起到了推动全民读书的效果。到东汉时候，形成了一个读书人的社会阶层——士群体。

博览群书这样的说法，有时是不当的。人这一辈子，像树一样，先要扎根的。大人物如大树，都是深扎根的。中国的读书传统讲读通读透。“半部论语治天下”，吃透了《论语》，有半本就足够做成大事了。如果是学者做学问，更要警惕浮泛的博览，东挪一点儿，西凑一点儿，法国搞个观点，古希腊选个看法，就成“学术地沟油”了，于己有损，于人有害。

中国古代官员选拔考试用书，西汉是“五经”，东汉是“七经”，增加了《论语》《孝经》。唐朝是“十二经”，《春秋》普通人不易阅读，被“《春秋》三传”取代（《左传》《公羊传》《穀梁传》），《礼记》也由一本增为三本，《周礼》《仪礼》《礼记》，再增一本《尔雅》。宋朝之后又增《孟子》，共十三本，这就是儒家“十三经”的由来。我们今天视“十三经”为典藏之书，书一被藏，束之高阁，就不好好读了。而在古代，“十三经”是国家“公务员考试”必读书。秀才、举人、进士，直至状元，这些功名，代表着对“十三经”的熟读程度。

明清科举考试的文章体裁是八股文，也称时文、制艺。八股文的写作，规范严格，限制很多，甚至每一段落都有字数要求，不许抒情，不许肆意发挥。我们今天把这个文体骂得一文不值，我觉得应该先弄明白，这个文体是干什么用的。这是“准官员”们考试时规定使用的文体，是对官员书写公文的一种基础训练，言简意赅，规范守度，杜绝废话、套话和滥发挥。中国古代政府的公文、文件、文献材料，书写上都是很讲究的。

科举考试，是我们中国的智慧创造，用今天的眼光看，至少有两个亮点：第一，科举考试的大门是开放的，底层的百姓可以通过科举改变命运，让底层百姓有盼头，有希望的亮光，是这个制度最了不起的地方。普通人进入国家管理机构，废除宗亲制、贵族制，也应视为一种制度民主。第二，科举考试是智慧中国建设的一种探索和实践。从汉代开始，儒家思想被确立为治理国家的指导思想，这个制度的实施，使官员们成为儒家学说的内行，熟读原典著作，且考试成绩优异，才能拿到“上岗证”。用儒家思想治国，官员们首先应该懂儒学，做儒家的行家。科举制度，成功地做到了这一点，不是用权力，而是用智慧管理国家。官员手中的权力，融入了中国传统智慧的内涵。

敬　礼

礼是规矩。敬礼，是对规矩有诚心，生敬意。

普通人遵守规矩是一个人的大事，君王守规矩是一个国家的大事。《礼记》和《左传·昭公九年》均记载了一件劝谏君王守规矩的旧事。《左传》是史书，只扼要记事，不陈情。《礼记》的描写则鲜活生动。

这件旧事涉及五个人：晋平公，晋国之君。荀盈，晋国老臣。师旷，晋大夫，大音乐家，盲人。如今的音乐，用于娱情娱乐的多了，在古代，主要应用于国体国仪，诸如祭祀、军队出征、田猎等。所以以前的乐官，是重臣。李调，近侍，相当于晋平公办公室主任。杜蒉，晋平公的厨师长。

老臣荀盈去世了，尚没有下葬。晋平公在寝宫饮酒，师旷、李调侍坐，且击钟奏乐。杜蒉听到钟乐声，疾步跑进寝宫，“历阶而升”，一步两个台阶。进殿后，先斟满一杯酒，请师旷饮，又斟一杯酒请李调饮，第三杯斟满，自己坐正身子，面向北一饮而尽。三杯酒之后，起身向外走。

晋平公叫住杜蒉，说：“我看出来了，你刚才的行为，寓意是开导我的。你为什么让师旷喝酒？”杜蒉答道：“子日卯日是商纣和夏桀的忌日，君王在这两天要警醒自己，是不能饮酒取乐的。国之重臣居丧未葬的特殊时候，比这两个日子更重要。这些老规矩师旷大人是知道的，因此我罚他一杯酒。”

“你让李调饮酒的原因呢？”

“李调大人是您的近臣，您的‘一饮一食’，都不该‘忘君之疾’。”

“你自己又为何饮呢？”

“我只是个厨子，越职劝谏君王，干涉国家大政，我该自罚。”

晋平公说：“我也有过错，给我斟满一杯酒。”杜蒉把酒杯洗了，斟满一杯，高高举起献上。晋平公饮毕，对左右说：“即使我死了，也要把这个酒杯保存好。”这就是“杜蒉扬觯”典故的由来。

晋平公被誉为明君，功在长于纳谏，用老百姓的话说叫“吃劝”。还有两个名典故，都跟师旷有关，一是“秉烛之明”。晋平公问师旷：“吾年七十，欲学，恐已暮矣。”师旷回答：“少而好学，如日出之阳；壮而好学，如日中之光；老而好学，如秉烛之明。”另一个颇具戏剧性。一天，晋平公宴请群臣，估计喝高了，便口无遮拦地感叹：“当君王好呀，他的话没有人敢违抗。”话音才落，师旷抄起案上的琴就飞砸过去，晋平公一闪身，琴在墙上撞烂了。晋平公惊问：“太师，你要砸谁？！”“刚才有小人在我边上胡扯。”“是我呀！”“那这种话不该是人君说的。”左右要治师旷犯上之罪，晋平公当即制止，并且说：“我今后要以此为戒。”

春天里的规矩

《礼记》这部经书，是讲规矩和礼数的，但不是生硬的教条，生动鲜活之中，融汇着中国大智慧。《礼记》第六是《月令》，具体讲一年十二个月的当为当行。在中国古代，一年四季里，每个月适宜干什么，不适宜干什么，均依天意而为，发令员是老天爷，是大自然。用今天的话讲，叫尊重自然规律。春天到了，我找出事关春季的几段话，大家瞧瞧：

“孟春之月，日在营室，昏参中，旦尾中。其日甲乙。其帝大皞。其神句芒。其虫鳞。其音角，律中大蔟。其数八。其味酸，其臭膻。其祀户，祭先脾。”

正月，太阳运行至室宿之位（室宿，二十八星宿一种，属火，为猪，又称室火猪），黄昏时分参宿居南方天空的正中（参宿，二十八星宿一种，属水，为猿，又称参水猿），拂晓时分尾宿居南方天空的正中（尾宿，二十八星宿一种，属火，为虎，又称尾火虎）。正月以甲乙为主日，主宰正月的天帝是大皞，天神是句芒。正月的动物以鳞类为主，主音为角，月气的律管对应着太蔟，成数为八，主味为酸，主气为膻。主祀户神，祭品以牲畜的脾脏为先。

“东风解冻，蛰虫始振，鱼上冰，獭祭鱼，鸿雁来。”

东风解冻，冬眠的动物苏醒，鱼由水底上游，水獭将捕到的鱼一条一条排在岸边，如人陈列祭品一样，大雁从南方飞来。

“命相布德和令，行庆施惠，下及兆民。庆赐遂行，毋有不当。”

天子命丞相广布德教并宣读禁令（“和”通“宣”，令指禁令），奖励善行，普施惠泽，恩及亿万民众。奖励和赏赐遂得推行，没有不妥当的。

“是月也，天气下降，地气上腾，天地和同，草木萌动。王命布农事，命田舍东郊，皆修封疆，审端经术。善相丘陵、阪险、原隰，土地所宜，五谷所殖，以教道民，必躬亲之。田事既饬，先定准直，农乃不惑。”

这个月，天气下降，地气上升，天地之气合而为一，草木萌芽。天子颁令部署农事，命农官住到东郊，督导农人整修田界，修理田间小道和沟渠。农官认真视察丘陵、坡地、山泽，高处的塬地，低洼地带，因地制宜，种植相应的庄稼。农官亲自动手引导农人耕作。田间的准备工作妥当之前，先确定耕种的标准，农人才不会疑惑。

“是月也，命乐正人学习舞。乃修祭典。命祀山林川泽，牺牲毋用牝。禁止伐木。毋覆巢，毋杀孩虫、胎、夭、飞鸟。毋麛毋卵。毋聚大众，毋置城郭。掩骼埋胔。”

这个月，天子命令乐正率领公卿子弟进入学校学习乐韵歌舞。要修整祭祀的法典。命令祭祀山林河湖，祭品不得用雌兽。禁止砍伐树木。禁止颠覆鸟巢，禁止捕杀幼虫、怀孕的母兽、刚出生的幼兽，以及正在学习飞翔的鸟。不可杀小兽，不可掏鸟蛋。不搞大型集会，不大兴土木。路上的枯骨腐尸要掩埋。

“是月也，不可以称兵，称兵必天殃。兵戎不起，不可从我始。毋变天之道，毋绝地之理，毋乱人之纪。”

这个月，不可兴兵征战，如举兵上天会降下灾祸；不可有军事行动，如有军事行动不能由我方挑起；不可违背天理，不可违背地理，不可扰乱人伦纲纪。

《月令》一文，是记述政府行为的，以四时为总纲，分十二月为细目，记述政府的职能职务，祭祀礼仪，以及所行所止的法令、禁令。核心是“毋变天之道，毋绝地之理，毋乱人之纪”。家风是一户人家的行为方式，国风是一国的行为方式。一个人做事守规矩是重要的，一个政府按规矩做事情更加重要。

职　官

古代的职官，基本上一个萝卜一个坑。没有坑的萝卜，叫散官，相当于今天的巡视员和调研员。个别皇帝，因为特别重视某个坑，也有不安插萝卜的特例。但更多的皇帝，喜欢给自己偏爱的萝卜额外挖个坑。

“我周公，作周礼，著六官，存治体。”《三字经》里说的《礼记》六官是天官（大冢宰）、地官（大司徒）、春官（大宗伯）、夏官（大司马）、秋官（大司寇）、冬官（大司空）。职能与职位对应着后朝的六部：吏部（天官，掌官吏任免、铨叙、考绩、升降）、户部（地官，掌土地、户政、赋税、财政）、礼部（春官，掌典礼、科举、学校）、兵部（夏官，掌军政）、刑部（秋官，掌刑法、狱讼）、工部（冬官，掌工程、营造、屯田、水利）。

战国时候，诸侯国君下设相将，分掌文武二柄。秦朝在丞相府、太尉府之外，设御史大夫寺，御史大夫是皇帝的秘书长，兼管监察，旨在分散相权。到秦二世时期，这一招失灵了，相权控制了皇权，这是秦朝早夭的原因之一。后朝汲取沉重的教训，把削弱相权作为头等国事对待。曹丕（魏文帝）把尚书改为外围的执行机构，设置中书监，参掌中枢机密，类似今天的书记处。南北朝皇帝担心中书省做大做强，以近侍为班底，设置门下省，形成尚书、中书、门下三省分职的制度，中书取旨，门下审核，尚书执行，三省长官同为宰相，共商国政。

中国旧的官吏史，一多半是皇帝与宰相的勾心斗角史。李世民制约相权的办法比较灵活，也有创意。他自己任过尚书令，且是在这个职位上取得天下的，因而他当皇帝期间这个职位长期空缺。在中书令和侍中之外，随机设立机动职务。他是"秘书政治"和"顾问政治"的发明人。具体做法是，给能力强但职位低的官员加授"参议朝政""参议得失""参议政事"之类的头衔，掌握宰相实职。在唐朝，参事是真的参加国策的制定与执行的，相当于美国总统的"国家安全顾问""亚洲政策顾问"，纵然不是一言九鼎，四五鼎还是有的。

台官和谏官也在中国旧政治的核心区。台官是监察官，对百官进行纠弹，首长叫御史大夫，或御史中丞。明清的监察机构叫都察院。御史台又称宪台、肃政台。谏官对皇帝进行规谏，西汉称谏大夫，东汉称谏议大夫。到宋代之后，台谏合流，枪口一致朝向百官，对皇帝的制约就不复存在了。

宋代是中国旧政治的一个分水岭，在此之前，弱势的皇权是可动摇的，比如赵高之于秦二世，王莽之于汉平帝，李世民之于李渊。宋代之后，皇权遮天蔽日，再低能的皇上也是高枕无忧的。

《礼记》里有一句话，“礼不下庶人，刑不上大夫”，在现代的解释里有误区，被曲意为蔑视百姓，官吏享受特权。《礼记》的原义是，对贫民百姓不要强调礼的形式，穷苦人家没有那么多讲究；对违法的官员不要强调刑罚的形式，该撤就撤，该杀就杀；但批倒则已，不宜批臭；身可败，名不必裂。昭示违法官员的斑斑劣迹，会伤及国民对国体的信任。

坊间言

坊间言是口碑。既然是口碑，自然就没有屹立之处，如野草一样迎风招展。

清朝的皇上里边，雍正爷的坊间言最盛最炽，篡取上位，滥杀兄弟，刑赏无序，喜怒无由，负面的占多数。依着这些言传，他不仅不是一个好帝王，连个好人也算不上。但雍正是有改革之心的皇帝，有奉守规则的一面，也有破法立法的一面，挺了不起的。抄几个有趣的小细节，给读者散散心。

他每天的膳食极简单，进什么吃什么，是倡导“光盘”的皇帝。“饭颗饼屑，未尝弃置纤毫。”和臣工们散步时，“从不以足履其头影，亦从不践踏虫蚁。”

重臣朱高安晚年政心淡了，几次具折称病奏退。雍正让内阁传口谕：“尔病如不可医，朕何忍留；如尚可医，尔亦何忍言去。”朱高安“从此不复有退志”。

内阁有一位老勤杂，收管文书的，姓蓝，浙江人。雍正六年除夕，同事都已回家，他一人在京，家眷在乡下。过年了，一人对月自酌。“忽来一丈夫，袍服丽都，状甚丰伟，蓝疑为内庭值宿官，举杯相招，其人欣然就坐。”两人边喝边聊，老蓝人实在，问什么都实话实说。当被问到最大的理想是什么时，他说：“若运好，得选广东河泊所，则大乐矣。”又补充说：“其近海，舟楫往来，馈赠多耳。”第二天早朝，雍正问大臣，广东有河泊所这样的职位吗？答有。曰：“可特授内阁蓝某补授。”大臣们“不知蓝某为何人，共相疑怪。”这是雍正节假日微服私访中央后勤机关的例子。

雍正最大的政德是破除满汉之见，重用汉臣，讲民族团结，为清朝以后的稳定繁荣开了个好头。雍正也讲形式主义，当年的公检法部门，刑讯逼供是办案的常态，他手书“忠诚敬直勤慎廉明”八字方针，着各府衙木牓在堂上。他这道手谕不太灵，雍正年间执法部门营私舞弊弄虚造假致冤致屈的事屡见不鲜。雍正爷爱听好听的话，喜欢被下级表扬，对反对意见持势不两立态度。但他万岁之后，各色不好听的坊间言就一块儿爆发了。

我抄来的这几个细节，也在坊间言之列，因为不是取自正史。正史，是一个国家的严谨历史，按道理说，并不承担政府形象美容师的工作。但有些朝代，史和志就兼职做化妆。在正史不可信不可取的时候，以坊间言为基础的野史才受人追捧。

去欲的态度

欲是好东西，让人生有意义。

自然而然是欲，饿了吃饭，渴了喝水，寒了增衣，困了放松，瞌睡了找枕头，身子长全了想媳妇。但欲是有界限的，煮饭时，火过头煮糊了，或烧了厨房，是超限，是越界。中国的皇帝有伟大的一面，也有自私卑鄙的一面。比如太监这个职业，以前，在中央机关内部从事服务工作的男子要被阉割。陕西土话把阉割叫“去势”，这个词真是形象到位，把人的根本东西拿掉了，有形无势，无法形势大好。太监是皇帝的私欲延伸的恶果，如果皇帝和普通人一样，只娶一个老婆，太监的形势就保全了。“养生难在去欲”，是苏轼的一句名言。树长成栋梁要剪枝，平头百姓跃为大人物要去欲。皇帝是该带头去欲的，普通人的欲火烧自身，为所欲为的皇帝烧的可是整个国家。人去欲是难的，去掉哪些，去掉多少，不好把握。猪八戒是什么都不戒的，因而是个笑柄。和尚剃光头发，把头顶的、心里的欲全部去掉，放弃现实的人生，是难为人，特殊材料制成的人才能做到。让皇帝去欲，更难。吃屎喝尿地成了皇帝，我容易吗！电视剧《康熙王朝》有一句主题歌词，“我真的还想再活五百年”。他是皇帝，肯定想再活五百年，正受熬煎的老百姓，一天也不想多活。

人生一辈子，寿限大约一百年，性子急的少一些，肠子宽的略多一些。老天爷的这个设置是有大局观的，一个人活到六七十岁，把人生的基本东西看透了，活明白了就退休了，只好把人生经验传递给下一代。在这个节骨眼儿上，老天爷又加装了一个“代沟”的装置，孩子不吃老子那一套，所有的事情要重新来过，吃二遍苦，受二茬罪，把人生的跟头再重新跌一圈。“代沟”是符合科学发展观的，预防人类进化的步子迈得太快。试想人生是三百年，退休制度是二百六十岁，街上走的，屋里坐的，多数是人精。人种可能延续不到今天，早灭绝了。从这个角度看，老天爷也是在去欲，但成就的是天大的事。

“人间随处有乘除”，这是曾国藩诗里的一句。曾国藩不是大诗人，写的多是哲理诗，在哲理上也比苏轼差一个档次。但苏轼不会带兵打仗，也不会经营自己的人生。诗词文章一篇比一篇好，但做官是一年比一年小，贬了再贬。苏轼属于虚高一筹，在人生层面上“去欲”稍多了些。王维呀，白居易呀，又会写诗，又会做官，活的年头也长，鱼和熊掌都得了。

人为财死，鸟为食亡，居家过日子一点一点积累财产，由温饱到小康，是做加法。一夜暴富的人，是做乘法。在秩序井然的社会里，做加法的人多；在少规则的年月，做乘法的人多。乱世出英雄，就是这个意思。乱世，不单指战火硝烟，百姓流离失所。一个社会缺少章法，即使经济繁荣，也不能叫政治澄明。

做除法，先从减法做起。减法也难做，钱越多越好，名越重越好，官帽子越大越好。一个人从“闻鸡起舞”到“戴月荷锄归”，每天起早贪黑地忙碌，都是围绕着“钱”“名”“官”这三个字转。等到有一天累病了，躺在床上，心里才恨着骂这三个字竟无半点儿用处。但身子康复了，又上路去旋转了。

有一个老掉牙的故事，说一个临死的财主，连着几天合不上眼皮，还高举着两个手指头，儿孙们百思不得其解，老伴相知一生，将燃着的两个油灯头，吹灭了其中一个，财主才放心地撒手尘寰。这样的人实在可恨又可爱，真真的是把一个事业进行到底了。

靶　子

人活着，就是一个靶子，别人不来射的时候，自己也在射。

靶心也深，设置的是无量环，大圈里边套着无数个小圈。喜怒哀乐是箭，富贵功名是箭。高兴了，还想再高兴一点儿。安逸了，还想再安逸一点儿。靶心不停地深入，总嫌不足够。赚一千元、五千元、十万元，口袋仍是不满。

明枪易躲，暗箭难防。暗箭，多数是自己射出的。别人射的，无所谓躲或不躲，过了初一，还有十五，该是什么总是什么。人是草船，向自己借箭呢。

羿是尧帝时的上将军，箭法高绝，本事大，敢射日头呢，一共射下来九个。他用的弓是红的，箭是白的，不知是什么材料做成的。鲁迅这么描写羿骑过的那匹马，即《奔月》的开头段落："聪明的牲口确乎知道人意，刚刚望见宅门，那马便立刻放缓脚步了，并且和它背上的主人同时垂了头，一步一顿，像捣米一样。"羿是精益求精的人才，去昆仑山找西王母请教再上一个台阶的秘方，得到了一颗灵药，如获至宝，回家藏到了箱子底。羿的老伴是嫦娥，进取心也重，不甘做全职太太，偷偷把药给吃了，却飞天登去了月球，夫妻自此两地遥遥分居。李商隐有诗附庸，“嫦娥应悔偷灵药，碧海青天夜夜心。”不过这是传说。

我领教过一位真实的老人，是我的亲属，活了九十多岁。每次去看望她，老太太总是说两句口头禅，“不敢出门，怕别人笑话，怎么还活着”，“我怎么还不死呢”。老太太生在富人家，嫁到富人家，年轻时是长房长媳，当家执政几十年。我第一次见她，是 20 世纪 60 年代，她正陪着身高马大的丈夫受批斗。一辈子荣过也辱过，但至死都是脑子清晰的人，做人做事从不过分，且总是欠那么一点儿。最后是觉着世上的一切都没有吸引力了，活到不操心自己前途了，觉着到头了，就到了活腻了的境界。

人生是靶子这一职业病是庄子把脉得出的，他还开出一个药方，“以其知得其心，以其心，得其常心”。“常心”，不是李商隐的“夜夜心”。而是眼前的这句话，“平生把债都还遍，只欠梅花数行诗。”原句是“荷花”，平凹主编改作“梅花”，是嫌荷花肥吧。

人活着，就是一个靶子，别人不来射的时候，自己也在射。

《食货志》里的一笔良心账

《汉书·食货志》是阐述汉代“三农”问题及国家财政手段的大文章。食货的定义是：“食谓农殖嘉谷可食之物，货谓布帛可衣，及金、刀、龟、贝，所以分财布利通有无者也。二者，生民之本，兴自神农之世。”

班固为农民说话，算了一笔良心账，读着既怵目，也让人沉思。以五口人家为例，种田100亩，以亩产1.5石计，收成是150石，上缴10%的农业税，15石。月人均口粮1.5石，全家一年需90石填饱肚子。余粮45石。当年每石粮食市场价是30钱，销售后，收入1350钱。再除去日常开销、衣物等项每人每年300钱，需1500钱，教育、祭祀费用约300钱。五口之家辛苦劳务一年，净亏450钱，且“不幸疾病死丧之费，及上赋敛，又未与此”。

面对农民的这种生存困境，政府必须介入。班固列举了战国时期的“魏国模式”，鼓励增产增收与政府平准粮价相结合，丰收年，政府以高于市场价格收购粮食，作为国家储备。

灾年，再以低价开仓。平准市价的最大受益者不是农民，而是政府。“籴甚贵伤民，甚贱伤农。民伤则离散，农伤则国贫，故甚贵与甚贱，其伤一也。善为国者，使民毋伤而农益劝。”

《食货志》细致地介绍了几种农耕方法，包括农用机械，该算作当时的农业高科技了。

汉文帝的伟大之举是减免农业税，先由1/10减至1/15，后听从晁错建言，全部免除，“乃下诏赐民十二年租税之半。明年，遂除民田之租税。”十三年后，景帝二年，“令民半出田租，三十而税一也”。

算缗和告缗

缗，是旧时串铜钱的绳子，由此成了量词，一缗，为一千文。算缗是汉武帝颁行的营业税种，课征对象是工商业者及手工行当，旧称“贾人末作”。末作即末业，农为本，商贾为末。

算缗的征收方式是经营者自行申报财产，“各以其物自占”，依财产纳税。“率缗钱二千取算一”，一算是120文，2000文缴120，税率为6%，小业主减半，“率缗钱四千算一”。算缗里还有车船税，“轺车”缴纳一算，轺车是以前的豪华私家车，是奢侈品。轺即遥，“四向远望之车也”。“吏比者、三老、北边骑士”的轺车是公务车，不在征收之列。“商贾人轺车二算，船五丈以上一算。”如果隐匿不报，或不据实申报，惩罚是严厉的，“匿不自占，占不悉，戍边一岁，没入缗钱。”“算缗令”是公元前119年颁行的，为确保政令畅通，作为配套措施，公元前118年和前114年，两度发布“告缗令”，鼓励百姓检举揭发，“有能告者，以其半畀之”，检举人可获得罚没金一半的奖励。

算缗是中国历史里农业税之外的首项财产税，为开拓之属。功益处在于不加重农民负担，“富国非一道”，“富国何必用本农”，“无末业则本业何出”。西汉初年的农业税是1/10，比较高，文帝免了十二年税，后降为1/15，景帝再大幅降为1/30。汉武帝是有作为的皇帝，有作为，就是多做大事情。汉武帝北征匈奴，南威夷越，又好大喜功，在赏赐上也是大手笔，“北至朔方，东封泰山，巡海上，旁北边以归。所过赏赐，用帛百余万匹，钱、金以巨万计”。举一个汉武帝的实例。粤国打算与汉朝用船开战，武帝“乃大修昆明池”，在西安西南郊凿湖四十里，“作昆明池象之，以习水战”。造大小战船几百艘，“治楼船，高十余丈，旗帜加其上，甚壮”。大作为是以国库充实为前提的，汉武帝没有增加农业税，而是把手伸进了商人的口袋。

汉代的商人有“市籍”，即城市户口。“贾人有市籍，及家属，皆无得名田。敢犯令，没入田货。”国家明文规定，贾人名下不能有土地。早先的城市户口和今天的农村户口差不多，不太受人欢迎。

告缗这道法令值得反思。告缗的收效是巨大的，“得民财物以亿计，奴婢以千万数，田，大县数百顷，小县百余顷，宅亦如之”。但是，“商贾中家以上大抵破”，中国的商贸业终武帝一朝陷入了毁灭性的泥沼。比这更可怕的是，告缗使民风败恶，倡导诚信反而使诚信沦丧，百姓风行给政府打小报告，做政府的密探，“民偷甘食好衣，不事畜藏之业”。

汉武帝时期有一位纳税楷模叫卜式，洛阳人，以养羊为业，后来发展成规模化养殖，羊有几千只吧。他在两次战争中受到武帝重奖，并且被破格提拔为官。一次是北战匈奴，卜式上书，愿捐出一半家产。“天子乃超拜为中郎，赐爵左庶长，田十顷，布告天下。”“超拜”，即是破格提拔。另一次是南征，卜式又上书，“愿父子死南粤”，“天子下诏褒扬，赐爵关内侯，黄金四十斤，田十顷。布告天下”。后又拜御史大夫，由地方官晋为京官，但不久卜式就失宠了，因为对车船税提了反对意见，“船有算，商者少，物贵。”导致“上不说（悦）”，“贬为太子太傅”，名噪一时的拥军爱国明星去履任闲职了。

先生与先醒

“先生”这个词，汉代贾谊的解释是先醒，觉悟世事，领先于人。如果能做到料事于未发之前，就是大先生了。“锐然独先达乎道理”，“未治也知所以治，未乱也知所以乱，未安也知所以安，未危也知所以危。故昭然先寤乎所以存亡矣，故曰‘先醒’。”

贾谊是汉文帝时期的文化表率人物，年少因才高闻名，二十一岁以博士入选朝廷为官，后出任文帝小儿子刘揖的老师，任太傅。贾谊的文章以观察并解剖社会思潮的敏锐见长，“慧眼透辟，朴实峻拔”。用今天的话说，是把握时代脉搏、透视社会焦点问题的行家。《过秦论》分析秦朝短命的过失，不是天下亡秦，而是因无道自取灭亡。《大政》讲国家政治的要义，以民为本，以民为命，以民为功，以民为力；特别强调政府不要说大话，不要自我粉饰与标榜，一个人要慎言，一个国家更要慎言。“夫民者，万世之本也，不可欺。”《无蓄》讲国家积蓄与储备的重要。《匈奴》《势卑》讲边疆维稳要有长远眼光。《铜布》《铸钱》说经济，谈货币。汉代开国后，国家没有发行货币，而是沿用秦朝的“半两钱”，允许民间私铸，经历高祖刘邦、惠帝刘盈、高后吕雉，到文帝刘恒，建国二十多年，国家的经济管理处于无序的状态。贾谊提出货币与军事一样，须由国家管控。碍于当时国力疲弱，藩国势大，又经历了景帝刘启，直到汉武帝刘彻时，才废止民铸，货币发行权收归中央政府。贾谊的诸多社会认知被后来者汲取，融入了强大汉朝的治国基石。毛泽东主席称赞贾谊是“贾生才调世无伦”，“胸罗文章兵百万，胆照华国树千台”。

贾谊把“醒”分为先醒、后醒和不醒，并以三个君王的言行加以表述。

楚庄王是春秋五霸之一，即位后，“自静三年，以讲得失”。一次经过一位臣属（申侯）的封地，中午经常该吃饭了却不吃，“日中而王不食”，申侯很惶恐，问原因。楚庄王说：“古代的贤君，又能尊师，经常听取高见的能称王；资质中等的君主，能做到尊师受益的，可称霸；水平差的君主，又爱好领袖群臣，国乃亡。我是水平差的君主，天下有那么多贤人，我却得不到，离亡国不远了，哪里还有胃口吃饭。”贾谊称楚庄王是先醒者，“圣智在身，而自错不肖，思得贤佐，日中忘饭。”

宋后昭公遭驱逐逃到边境，回望国土，他感慨地说：我明白被废的原因了。我身边的侍从几百人，没有不夸我有堂堂王仪的。群臣千人，没有不夸我是圣君的。朝廷内外，我听不到自己的过失，今天沦落此地，命该如此。“于是革心易行，衣苴布（粗麻衣），食皫馂（豆渣剩食），昼学道而夕讲之。二年美闻于宋，宋人车徒迎而复位，卒为贤君，谥为昭公。”宋后昭公被认为是后醒者的代表。

虢国是小国，但国君骄恣托大，“谄谀亲贵，谏臣诘逐”。虢国被晋国灭亡后虢君出逃，藏身一片沼泽之中，说：“我渴了。”车驭手进上清酒。又说：“我饿了。”车驭手再进上干肉干粮。虢君问：“怎么还有这种美食？”回答说：“是早准备好的。”问：“早知道我要逃难？”答：“知道。”问：“知道为什么不谏？”答：“您爱听好听的，我要是说了，就没命了。”虢君即刻大怒，驭手叩头谢罪。又问：“你说说，虢国为什么亡国？”答：“您是贤君，天下君王嫉妒您。”虢君扶着车前的横木，苦笑着说：“贤能之人是这么苦哇！”接下来枕着车驭手的膝盖睡着了，驭手用土块替换了自己的膝盖，一个人逃走了。虢君后来饿死，成为鸟兽的食物。虢君是不醒者，至死不醒。

“先生”这个词，贾谊的解释是先醒，觉悟世事，领先于人。

耳朵麻痹了

麻痹，是身体机能衰退的症候。手脚麻痹，是四肢有了障碍，走路有一脚没一脚的。中枢神经麻痹，全身的指挥控制系统就乱套了，也叫完全麻痹。“耳痹”这个词，是汉代贾谊创造的，指大人物听不进谏言，忠言逆耳；或者即使听进去了，也是左耳朵进来右耳朵出去。

贾谊讲了三件战国时期的事，不是故事，是历史事实。贾谊说历史，比我们今天有的教授说得好，言之有物，也言之切切，且不惜危言耸听。这三件事都和伍子胥有关联。

第一件事是伍子胥爸爸伍奢的事。伍奢是楚平王任命的太子太傅，就是楚国太子的授业师傅。楚平王这个人很差劲，派人去秦国给太子选美，选回来后却自己“笑纳”了。负责选美的人是太子少傅，相当于太子办公室主任，这个人叫费无忌，他对楚平王说：“秦女绝美，王可自取。”由此费无忌升迁到平王身边工作，也由此平王与太子关系产生了裂痕，直至产生隔阂。伍奢在朝廷上直谏：不要因为费无忌这个小人疏离了父子感情。“王独奈何以馋贼小臣疏骨肉之亲乎？”楚平王这个节骨眼上“耳痹”了，“囚伍奢”。费无忌又进言：伍奢有两个儿子，都是厉害人物，留着也是大祸患，“伍奢两子，皆贤，不诛且为楚忧。”楚平王派人告伍奢，叫你两个儿子入宫，保你性命。“能致汝二子则生，不能则死。”伍奢告诉来人：“我大儿子会来，小儿子能成大事，不会来。”楚平王不听，传令召兄弟两人。伍子胥对哥哥伍尚说：“我们到的那天就是父子三人死的那天，这个仇就无人能报了。”伍尚说：“我也知道救不了父亲，但父命不可违背，你走吧，你雪父耻，我为父死。”这一件事的结局就是伍子胥逃亡，伍奢与伍尚被处死。

第二件事是伍子胥为父雪耻失当，自种祸根。

伍子胥从楚国逃亡，先到宋国，再到郑国，后来辗转到了吴国，取得吴王阖闾的信任，出任吴国的宰相。“用而任吴国之政也。”伍子胥勤勉于政务，几年之后，吴国人心安定，流民减少，粮食物产逐年增收，官吏秉公执法，国家上下和谐而无民怨，四方边境与邻国和平相处。“民保命而不失，岁时熟而不凶，五官公而不私，上下调而无尢，天下服而在御，四境静而无虞。”这个时候，伍子胥认为时机到了，率领军队讨伐楚国，“五战而五胜，伏尸数十万”。攻占楚都郢城之后，此时楚平王已死，掘墓鞭尸，“出其尸，鞭之三百”。伍子胥有一位旧年好友，叫申包胥，吴国军队入郢城后，他逃亡进山中，让人捎话给伍子胥：“你做事太过分，在故土杀戮太重，甚至做出鞭尸这样的事。”伍子胥这时候耳痹了，没有半点儿愧疚，信心满满地对捎话人说：“为我谢申包胥曰，吾日暮途远，吾故倒行而逆施之。”意思是说，请替我向申包胥致歉，告诉他，我岁数大了，好比日已将暮，而行途依旧遥远，报仇心切，才做出如此悖逆常理之事。

正是这位申包胥，跑到秦国，在朝廷上哭了七天七夜，终于感动秦哀公，出兵援助，楚国才得以不亡。

第三件事，是对伍子胥人生大结局的无奈和感叹。

十五年后，“阖闾没而夫差即位”，吴越大战，越国全线崩溃，“越王之穷，至乎吃山草，饮腹（腐）水，易子而食”。于是越王派大臣文种乞和，伍子胥强言上奏，不要和谈。文种“拊心嗥啼，沫泣而言信，割白马而为牺，指九天而为证”。夫差心软了，与越国握手言和，并北向讨伐齐国。伍子胥再上奏，称越国是“腹心之病”，如果北伐齐国，“吾今见吴之亡矣”。夫差大怒，“乃使使赐伍子胥属镂之剑，曰：‘子以此死。’”

贾谊是汉文帝的博士，汉代的博士有实有位，是皇帝的文化顾问。贾谊二十多岁出任汉文帝小儿子刘揖的太傅，《耳痹》不是写作的文章，而是给刘揖的授课教案。我是参照《史记·伍子胥列传》读《耳痹》的。司马迁是汉武帝的史官，比贾谊小四十岁左右。司马迁看伍子胥，是从皇权意识出发的，贾谊要高耸一些，以天理观人伦。他的结语是：“故曰：天之处高，其听卑，其牧芒（荒），其视察。故凡自行，不可不谨慎也。”苍天在上，可以听到最低微的声音，可以看到最远的地方，可以洞察一切。人做事，天在看，不可不谨慎自省。

肆 言外之意

参话头，是佛门里的话，
指的是由一句话牵扯领悟出一堆东西，
目的是找到厉害话的厉害之处。

秋天的老规矩

秋天，仅知道收获是很不够的，还要知道收敛。

“秋”这个字，繁体的写法是“穐”，从禾从龟，禾是庄稼熟了，龟是龟验，龟甲火烧之后用来卜筮征兆，以庄稼的收成察知一年的得失，并预料下一年的势头。据王力先生考据，在商代和西周前期，一年不分四季，只讲春和秋。孔子著历史，以“春秋”命名，是克己复周礼。春是一年的开始，从开始中审察动机；秋是结果，在结果中知晓大义。

史官这个职业，是从宫廷筮者衍进过来的，宫廷筮者最初是据天象和人事占卜吉凶，后来又有了记录君王言行的职能，左史记言，右史记事。古代的史官由公认的最有学问和德行的人担任。中国古代重视历史，但著史方法和后代有区别。唐代之前是“君史两立”，“以史制君”，史书是国家的机密档案，老百姓没有资格阅读，当朝君主也不能阅读。史书由史官记写，君王的言行无论对与错，都要如实记录下来，有“录此存证”的意思，用以警醒后继的君王发扬光大或汲取训诫。到了唐朝，李世民因为不是通过“正常接班”做的皇帝，担心史笔“辱圣”，改“史官制”为“史馆制”，国家历史由史官一人著述改为文史馆集体撰写，并且“书成进御”，终稿由皇帝审定，治史方法也改为“以古鉴今”，历史是一面镜子，用以醒世醒民，由此，中国的史书成为了大众读物。

秋天起自一年的中央，“中央土，其日戊己。其帝黄帝，其神后土。其虫倮，其音宫，律中黄钟之宫。其数五，其味甘，其臭香。”一年的中央在五行中属土，吉日是天干中的戊日和己日。天帝是黄帝，地神是后土娘娘，全称为承天效洁厚德光大后土神祇，尊称大地之母。一年的中央、动物以“五虫”中的倮为主，倮通裸。古代把动物分为五类：倮、鳞、介、毛、羽，倮是无毛的意思，蛙、蚯蚓等，人是倮虫之长，“倮之虫，三百六十，而圣人为之长”。一年中央的正音是“五音”（宫、商、角、徵、羽）中的宫，对应十二律中的黄钟。一年中央的基数是五，味甘，气香。

农历七月是立秋之月，称孟秋。这个月犒赏军队，操练检教兵马，“天子乃命将帅选士厉兵，简练杰俊，专任有功，以征不义，诘诛暴慢。”这个月完善法规，整饬监狱，修理镣铐刑具，“是月也，命有司修法制，缮囹圄，具桎梏。”这个月修堤防，防水患，“完堤防，谨壅塞，以备水潦。”这个月不宜封诸侯、立命官，“毋以封诸侯，立大官。”

仲秋八月，敬老养弱，“是月也，养衰老，授几杖，行糜粥饮食。”这个月，可以兴土木，筑城郭，建都邑，凿挖水窖粮仓，“筑城郭，建都邑，穿窦窖，修囷仓。”督导百姓在这个月存储越冬谷物、蔬菜，播种冬小麦，不要耽误了农时，“乃命有司趣（趋）民收敛，务畜菜，多积聚。乃劝种麦，毋或失时。”这个月里节气秋分，秋分旧称日夜分。雷声收敛，冬眠动物开始给洞口培土。日夜分之月，校正度（计量长短），量（计量容积），衡（计量轻重）工具。“日夜分，雷始收声，蛰虫坏（培）户”，“则同度量，平权衡，正钧石，角斗甬”。这个月，减轻关口和集市的税收，以促进物流和商贸易，“易关市，来商旅，纳货贿，以便民事”。

季秋九月菊花黄，大雁南飞，“鸿雁来”，“鞠有黄华”。这个月霜降，百工休息，相关官员发布告示，劝民中止户外劳作，“是月也，霜始降，则百工休。”乃命有司曰：“寒气总至，民力不堪，其皆入室。”这个月大行秋祭，典祀五帝和列祖列宗，“是月也，大飨帝尝。”这个月，君主以大规模田猎演习武事，秣兵厉马，“天子乃教于田猎，以习五戎，班马政。”这个月，冬眠动物蛰伏，封堵洞口。司法官员立即行刑，重案要犯不得滞留狱中，“蛰虫咸俯在内，皆墐其户。乃趣（趋）狱刑，毋留有罪。”

“秋收”这个词，含着收获和收敛两层意思。粮仓装满了，镣铐也准备妥了。蛰虫收敛的办法是堵住洞口，于人而言，一些老规矩，就是用来堵欲望的洞口的。

汉代的吴和越

公元前494年，越王勾践伐吴，大败，之后卧薪尝胆，韬光养晦。过了二十二年，公元前437年越再伐吴，取得完胜，夫差自刎，吴国亡。勾践之后又经过了六代，越国被楚灭，“后六世为楚所灭”。

公元前221年秦始皇灭楚，越旧部避秦乱散入浙江东部、闽中和闽北山区。汉代立国第十一年（前196），刘邦封侄子刘濞为吴王，吴藩国都邑在扬州，初辖三郡：东阳郡（郡治在金华）、鄣郡（郡治在吉安）、吴郡（郡治在苏州），共领五十三个县。公元前154年，刘濞牵头，七个藩国发动叛乱，三个月后被平复，吴国被撤藩。至西汉末年，吴地共存置七个郡，会稽、九江、豫章、庐江、广陵、六安、临淮（据《汉书·地理志》）。

越分东越和南越。

东越有两脉，闽越和东瓯，均是越王勾践的后代。刘邦和项羽争天下时，东越助汉。汉五年（前202），封立闽越王，都邑在东冶（武夷山）。汉惠帝三年（前192），封立东海王，又称东瓯王，都邑在东瓯（温州永嘉县）。吴王刘濞发动叛乱，东瓯王先是随吴，后杀吴王。汉武帝建元三年（前138），闽越伐东瓯，东瓯王求汉保护，得以解围，后又向汉朝廷申请内迁。东瓯国全国整体移民，分散内迁安置到江、淮之间。

汉武帝元鼎六年（前111），闽越反汉，闽越王被诛。武帝下诏，闽越国民全部内迁，也是分散安置在江、淮之间（据《史记·东越列传》）。至此，勾践的两脉后代均返乡，虽然不是回故里，也算叶落归根。

南越在秦朝时设郡，郡治在番禺（广州）。南越王赵佗是河北正定人，秦时初为南海郡的一个县令，后深得郡尉信任继位。汉十一年（前169），刘邦封赵佗为南越王。

刘邦时期，汉与南越的关系有点一国两制的意思，南越有完全的自治权，不受汉节约束。“与剖符通使，和集百越。毋为南边患害，与长沙接境。”（《史记·南越列传》）吕后时期，汉朝廷限制相互间的贸易往来，尤其禁止铁器南运。赵佗宣布独立，自号“南赵武帝”，此后不断北犯，攻掠长沙周边诸县。

汉文帝继位后，委派官员修葺赵佗在正定的祖坟，且按时节祭扫。赵佗大为感动，自撤帝号以藩臣事汉。汉武帝元鼎五年（前112），南越相国吕嘉谋反，杀南越王及汉使臣。一年后叛军被剿，吕嘉被诛，南越国灭。自赵佗称王后，南越国经五代王，共九十三年。

西汉时期，最大的外患是北方匈奴，吴和越则是最大的内患。吴国牵头的“七国之乱”，给国家造成很大动乱，也让朝廷找到充分的理由终结了藩国制。汉的藩国相当于自治区，但比今天的自治区权限大，经济是独立的，而且“宫室百官同制京师”。汉代建国后，封异姓功臣王国七个，同姓王国九个，侯国一百多个，国家一半的区域是由各个自治区构成。而吴国是自治区里的龙头老大，经济强大，百姓安居乐业。在当时，吴国的百姓是不纳税赋的，“无赋，国用饶足”。“七国之乱”平复后，所有王国裁撤，集权中央，到汉武帝时期，基本上恢复了秦始皇时的郡县制。

汉代之前吴越的民风，与今天江浙地区差异很大，“吴、粤（越）之君皆好勇，故其民至今好用剑，轻死易发”（《汉书·地理志》），从孔子编选《诗经》时的“楚无诗”，到秦汉的“楚人轻悍，又素骄”（《汉书·刘濞传》），究其根本，是文化上的薄弱所致。这种局面自宋之后，再经明、清，及至近现代，重科举，尚儒养仁，经济上甲天下，文化上也是蔚为大观。

仅仅天养人是不够的，人之大更需自我修养。

长安城大移民

长安城是一座移民城市。

秦国时候，关中这片土地的文化是薄弱的，奉行先军政治。秦始皇“焚书坑儒”之后，进一步恶化成文化沙漠，把周朝遗传的文化因子荡涤得干干净净。秦朝由前221年到前207年，存世仅14年，一个时代，突出强调军事，而作为基础的文化和经济一无是处，注定是粗糙的。一把弓过于僵硬，会断的。

汉五年五月（前202），刘邦迁都长安。汉九年（前198），开始实施一项叫“强干弱枝”的首都移民计划，由六国向首都大移民。当年的长安，因为多年兵乱，人口荒疏，经济落后，秦地之外的六国相对比较发达。移民的动因是政治需要，旨在削弱六国势力，因此被称为“强干弱枝”。首批移民达十万人，这些人不是普通百姓，是齐国楚国的贵族、富豪和显要，“十一月，徙齐、楚大族昭氏、屈氏、景氏、怀氏、田氏五族及豪桀于关中，与利田、宅”（《汉书·高帝纪》）。十万人口在当时是大数字，刘邦的儿子汉惠帝刘盈筑长安城的时候，做过一次人口普查，城区总人口仅二十四万，“户八万八百，口二十四万六千二百”（《汉书·地理志》）。刘邦迁都长安后，并没有筑城。他一生劳碌，去世的前一年仍在奔波“剿余匪”。刘邦崩于汉十二年（前195）四月，享寿六十二岁。关于长安城的修建，《史记》和《汉书》的记载不一致，分录之。“三年（汉惠帝），方筑长安城，四年就半，五年六年城就。诸侯来会，十月朝贺。”（《史记·吕太后本纪》）“元年，春正月，城长安。”（《汉书·惠帝纪》）刘盈一生羸弱，听命于母亲吕后，司马迁瞧不起他，《史记》不设惠帝本纪，设《吕太后本纪》。史官不把皇上看在眼里，这骨头真够硬的。

移民人口摆在城市的位置，也彰显了刘邦的政治智慧。第一批十万人安置在长陵（刘邦陵园），在陵区一侧建筑长陵邑，以便约束管理。长陵邑是汉代的“开发区”，今天的开发区以经济为核心，汉代是以国家维稳为核心。咸阳的“五陵邑”，就是汉代的五个“开发区”，具体是长陵邑（刘邦陵）、安陵邑（惠帝刘盈陵）、阳陵邑（景帝刘启陵）、茂陵邑（武帝刘彻陵）、平陵邑（昭帝刘弗陵）。“五陵邑”是当年长安城北的五个卫星城，是高大上社区，引领着首都长安，乃至全国的生活风尚。也是强势特区，五陵邑的领导人，尤其是长陵邑领导，职级高半格，相当于副省级，一般的京官是不敢惹的。至西汉末年，茂陵邑人口为二十七万，“户六万一千八十七，口二十七万七千二百七十七”，长陵邑人口十八万，“户五万五十七，口十七万九千四百六十九”，另外三个陵邑没有具体人口数字记载。

西汉累计七次大移民，从前 198 年到汉元帝永光四年冬十月（前 40），一百五十八年间移民总人口近四十万，至西汉末年，移民后裔规模达百万，约占首都地区一半人口。

“强干弱枝”计划对国家维稳是成功的，同时优化了首善之地的人口结构，给长安打下了包容型城市的底子。

黄羊解

黄羊是羊中的少数民族。

黄羊属于羚科动物，与绵羊山羊是远亲，生活习性差异大，但有三种基因相通着：一是跪乳，吃奶时小羊跪着。二是交配时公羊间的争斗不激烈，不把情敌置于死地，弟兄间不会为这档子事弄得你死我活；竞争的方式也比较文明，点到为止，类似于掰手腕确定出线权。鹿也是温驯动物，但在发情季节，时而会见到“头破血流满脸花”的雄鹿，这番模样的黄羊是见不到的。三是群而不党，“不阿党也”（《白虎通义·瑞贽》），黄羊群居，但不搞小团体，不拉帮结派。

羊是古代的祭品，是六牲之一，也是古人初次见面时的礼品。古人送礼是不乱来的，有严格的规矩，“天子用畅，公侯用玉，卿用羔，大夫用雁”（《春秋繁露·执贽》）。畅通鬯，百草酿制的醇酒。玉是君子，有缺点不掩其瑕，有棱角不伤及人。大雁讲究秩序，步调一致，飞成行，止成列。卿的礼物是羊，“羔有角而不任，设备而不用，类好仁者；

执之不鸣，杀之不啼，类死义者；羔食于其母，必跪而受之，类知礼者”（《春秋繁露·执贽》）。羊脑袋上长着攻击的设备，但不使用，近乎仁。被捉被杀时不鸣不哀，近乎义。吃母乳时跪着，近乎知大德。

礼是敬意，是规矩。送礼，是送去对规矩的敬意。我们今人在送礼上也是缺乏古人的范儿的，送金条，送姑娘，送房产，依古训这是送恶。老话叫“送人一斗米是恩人，送人一石米是仇人”。

黄羊是动物健将，擅于长跑和跳远，最高时速可达六十公里。跳远功夫也出众，一只普通的黄羊，跳个六七米是寻常事。黄羊的这些本领是狼训练出来的，狼吃羊，爱吃黄羊，但不是因为肉质，狼是懂一点儿通俗社会学的，对有靠山的不敢轻易下手。它知道，吃了牧人的羊，牧人不会放过它。在草原上有个共识，有黄羊出没的地方，其他的羊基本安全。

狼跑不过黄羊，但狼肯动脑子，吃智力饭。狼群向黄羊发动进攻一般选择两个时间段，一是吃饱了，再是睡足了。才吃饱的黄羊跑不远，速度也提不起来。睡足后本该有精气神的，但黄羊有个生活习惯，爱憋尿，尤其是冬天的夜里，为了御寒，通常是好几只簇拥着，彼此依偎而眠。有经验的老黄羊，半夜有尿了会即时方便，年轻些的，舍不得肚皮底下那点儿热乎气，这点儿小懒惰的后果是可怕的。拂晓时分，耐心守候了一夜的狼吹响了冲锋号，黄羊惊怵着飞奔求生，但其中憋着尿的是逃不过狼眼睛的，这样的黄羊会在疾速奔跑中因尿囊崩裂而亡。

狼之恶在卑鄙，用心阴险下作，趁羊不备，趁羊虚弱，趁羊之危。孔子评价《诗经》的长处是“思无邪”，“温柔敦厚，《诗》之教也”。狼的心思全在邪路上，但狼的这些手段，对更智慧的人而言，充其量不过小伎俩而已。

与丝绸之路相关的物产

丝绸之路不是务虚的外交词汇，有很具体的实际内容。

德国地理学家李希霍芬1868年至1872年在中国考察了四年，之后写出了五卷本著作《中国——亲身旅行的结果和以此为根据的研究》，首次命名为“丝绸之路”：“从公元前114年到公元127年间，联结中国与河中（指中亚阿姆河与锡尔河之间）以及中国与印度，以丝绸之路贸易为媒介的西域交通路线。”公元前114年是汉武帝元鼎三年，这一年丝绸之路的开拓人物张骞去世。公元127年是东汉汉顺帝永建二年。其间的二百四十年被认为是丝绸之路的首个高潮期。1910年，德国人赫尔曼在《中国与叙利亚之间的古代丝绸之路》一书中，进一步定义为：“我们应该把这个名称的涵义延伸到通往西方的叙利亚道路上。丝绸之路，即从长安到叙利亚。其实，丝绸之路这一概念是有局限的，讲东西交通和中西交通，既包括交通线，又包括所有的各种交流，例如，文化艺术、科技、宗教等各个方面。因此，我们把丝绸之路定义为：古代和中世纪始从黄河流域和长江流域，经印度、中亚、西亚连接北非和欧洲，以丝绸贸易为主要媒介的文化交流之路”。

经由这一条物流大通道，中国的物产——丝绸、茶叶、瓷器，包括五谷种植技术被输出。引进的有良种马和苜蓿（军马的主饲料，汉又名“怀风”，“苜蓿一名怀风，风在其间，常萧萧然”，还叫“光风”“连枝草”等。有多个名字，是因为此植物刚被引入，尚无定名的原因）。另外还有葡萄（汉代写为蒲桃）、樱桃、胡麻、胡椒、胡萝卜、芫荽、石榴（安石榴）等，中国乐器名字中带“胡”字的，以及音译的，也多是从这条路而来，再落地生根的。

汉武帝刘彻爱马，在帝位五十五年，他的坐骑有多匹来自大宛国（今乌兹别克斯坦一域），有一副马具来自身毒国（印度）。“武帝时，身毒国献连环羁（马笼头），皆以白玉作之（皮革之上镶玉），玛瑙石为勒，白光琉璃为鞍，鞍在昏（闇）室中，常照十余丈，如昼日。自是长安始盛饰鞍马，竞加雕镂，或一马之饰直（值）百金。”（《西京杂记》）

汉宣帝刘询是武帝的曾孙，生不逢时，才几个月大时，因“巫蛊之祸”受牵扯坐牢。入狱时，胳膊上佩戴着祖母（史良娣）编织的彩色丝绳，上面系着一枚产自印度的宝镜，镜面如八铢钱大小。民间说法此宝镜可照见妖邪，佩戴者得赐天福，因此宣帝才能转危为安。宣帝即位后每次见到这枚宝镜，都会长时间哭泣。“宣帝被收系郡邸狱（郡邸狱，汉代各郡的驻京办事处，邸中均设有羁押犯罪官员的狱舍），臂上犹带史良娣合采婉转丝绳，系身毒国宝镜一枚，大如八铢钱。旧传此镜见妖魅，得佩之者为天神所福，故宣帝从危获济。及即大位，每持此镜，感咽移辰。”（《西京杂记》）

丝绸之路得以宽广和壮大，是接着地气的，和民生息息相关。

刘邦发现文化的亮光之后

刘邦是率性而为的皇帝，不待见读书人，甚至见到儒生的穿戴都烦。起兵“闹革命”之初，有儒生上门投附，要么避而不见，“通儒服（叔孙通，汉初大儒），汉王憎之，乃变其服，服短衣，楚制（楚地老百姓服式），汉王喜”；要么直接出手把冠帽摘下来当尿壶，“沛公不喜儒，诸客冠儒冠来者，沛公辄解其冠，溺其中”。《汉书》记载这些细节，用笔不忌皇帝讳，用心却深远，就是这么一位性格不羁的领袖，身边却吸引团结着多位重量级文化人物。汉定天下后，武将的命运多有不测，但文化人受到尊重，讲真话讲实话的，不仅不压制，还受到重用。“初，高祖不修文学，而性明达，好谋，能听……初顺民心作三章之约。天下既定，命萧何次律令，韩信申军法，张苍定章程，叔孙通定礼仪，陆贾造《新语》。”

陆贾是汉代“文化治国”的最初顶层设计者，因是近臣，顶撞刘邦也多。最典型的一次是，刘邦骂他：“老子是在马上得到的天下，和《诗经》《尚书》有狗屁关系！”（“乃公居马上得之，安事诗书！”）陆贾不慌不忙地说：“在马上得到的天下，还要在马上治理吗？古代的贤君明主，均是文武并用。假如秦始皇统一天下后，行仁义，法先圣，陛下是没有机会得到天下的。”刘邦听后，“有惭色”，说：“你把秦朝失天下，以及古来治国成败之道全部写出来给我。”陆贾写一篇，刘邦认真读一篇，这就是陆贾所著《新语》（十二篇）的始末。据传“新语”这个书名，是刘邦所赐，对他而言，这些“老货”都是新鲜话。

叔孙通是大儒，学问在陆贾之上，原为秦朝博士，是秦二世的文化顾问。第一次见刘邦时因穿戴儒服而遭到冷遇，但之后被刘邦封为奉常。奉常，后改为太常，位列九卿之首，主管国家意识形态，兼管教育、文化、礼仪工作。再之后，兼任太子太傅，做太子刘盈的师傅。汉初的朝廷礼仪、政策条例多由叔孙通牵头修订，并且带出了一个三十人的工作团队，均是他学有所成的弟子。这些人被刘邦任命为郎中，分派进入朝廷多个部门，成为汉代初年首批专职文化干部。叔孙通还有一个贡献，制定并实施“征书令”。秦始皇公元前221年统一全国，七年后，公元前213年下达“禁书令”，又七年后，公元前206年亡国。焚书范围包括各诸侯国史书，《诗经》《尚书》以及诸子百家著作。汉代建国不久，即颁行“征书令”，在全国范围内抢救整理文化典籍。“汉初，改秦之败，大收篇籍，广开献书之路。”这项工作被长期坚持下来，几乎终西汉一朝，至西汉末年，共修复整理书籍七个门类（六艺、诸子、诗赋、兵书、术数、方技）三十八种，约计一万二千多册书籍。我们今天见到的先秦著作，百分之九十以上都是经由汉代整理出来的。

张苍是天文学家，“苍本好书，无所不观，无所不通，而尤善律历”，也通数学，增订、删补了《九章算术》。张苍原为秦朝御史，“明习天下图书计籍，则主四方文书”，被刘邦重用，任为“计相”，主掌国家计簿（人事、赋税、户口），汉初的历法、音律均由张苍主持制订。张苍在汉文帝时任丞相十余年，进一步完善了典章制度。张苍长寿，享年一百余岁，但晚年牙齿全无后，主食人乳，这成为后世人的褒贬谈资。“苍之免相后，老，口中无齿，食乳，女子为乳母。妻妾以百数，尝孕者不复幸。”

刘邦实际在位七年，汉五年（前202）称帝，汉十二年（前195）去世，享年六十二岁。刘邦没有文化，不按规则做事，长于打破各种框框，但识人，“能听”，善于吸纳多方有识之见，发现文化的亮光之后，转“打破”为“建树”，章程和制度建立后，他带头遵守，不反复，不出尔反尔，为西汉一朝扎实的文化生态预留了宽阔的空间。

历　险

公元前135年，发生了两场火灾，火情不太大，但起火的地方要紧，“（建元）六年春二月乙未，辽东高庙灾。夏四月壬子，高园便殿火，上素服五日。”汉高祖刘邦驾崩后，各郡国均建庙纪念，这些庙统称高庙。高园指刘邦的陵园长陵，便殿不是主殿，相当于贵宾休息室。两次火灾后，武帝刘彻素服五日。中国的皇帝以年号纪元自汉武帝开始，他在位五十五年，用了十一个年号：建元、元光、元朔、元狩、元鼎、元封、太初、天汉、太始、征和、后元。建元六年（前135）是刘彻执政的第六个年头，这一年他二十二岁。

刘彻十六岁即位，执政的前两个纪元内天灾连连，二十八岁之前的汉武帝，坐皇位比坐针毡还难受。

“（建元）三年春，河水溢于平原，大饥，人相食。”黄河泛滥，人吃人。

“四年夏，有风赤如血。六月，旱。”汉代版的沙尘暴。大旱。

“秋八月，有星孛于东方，长竟天。”彗星出现在东方的天空，拖着长尾巴，直至天边。

“元光二年，春，单于入塞。”匈奴犯边境。

“三年春，河水徙，从顿丘东南流入渤海。”黄河改道。

“夏五月，河水决濮阳，泛郡十六。”黄河泛滥。

“四年夏四月，陨霜杀草。”仲夏飞雪，庄稼遭殃。

“五月，地震。”

“五年，秋七月，大风拔木。”

“八月，螟。”大面积虫灾。

“六年夏，大旱，蝗。”旱灾，蝗灾。

“秋，匈奴盗边。冬，匈奴如上谷，杀略吏民。”上谷，今北京地区。

公元前134年，汉武帝在全国诏征高端人才，当年的话叫“贤良文学”，和今天的“德艺双馨”差不多，但“贤良文学”不是荣誉称号，而是皇帝的文化顾问，要书面策对皇帝的垂问。“贤良明于古今王事之体，受策察问，咸以书对，著之于篇，朕亲览焉。”于是，就有了汉武帝与董仲舒著名的“天人三策”答对，此后董仲舒备受国宠。但之后，他以两次火灾事件为缘起，写了一篇具体阐述自己学术思想的文章《灾异记》，核心内容仍是“天人三策”中的“天人感应”，说“国家将有失道之败，而天乃先出灾害以谴告之，不知自省，又出怪异以警惧之，尚不知变，而伤败乃至。”这个文章被来家里串门的主父偃偷偷带走，呈报给汉武帝。主父偃也是文化大才，但人品差，以告密起家，以告密被杀头。汉武帝拿到这个文章，大怒，对董仲舒先是降死罪，又下诏特赦。再之后，董仲舒回到河北衡水老家，“以修学著书为事”。刘彻是大帝，对饱学的人内心尊敬，“仲舒在家，朝廷如有大议，使使者及廷尉张汤就其家而问之，其对皆有明法。”

汉武帝执政的前十二年历经坎坷，是历险，因为历险，得以历练，才有了大汉的盛世。董仲舒直言获罪，也是历险，书生意气散尽后，成就一代大儒。这一对君臣，在历险中各自的人性都得到了进步。

九畴与八政

《洪范》一文出于《尚书》，讲帝王术的，是对话体例。

武王克服殷商典立周朝，向箕子问政。箕子以大禹治水，洪水就范开题，讲述了天子必须具备的九门学问。后人称之为“《洪范》九畴”。“洪范”这个词由此被引义为崇高规范。

箕子是商朝的持不同政见者。《论语》里有一句话：“微子去之，箕子为之奴，比干谏而死。子曰，殷有三仁。”这句话有点儿笼统，但微言大义，点出了殷商失国的最大症结是失仁。《史记·微子世家》讲得具体，也形象生动。微子、箕子、比干是殷商重臣，也是纣王的反对党。微子是纣王的长兄，箕子和比干辈分高，是纣王的亲叔叔。三位政治人物三种人生走向，三种结局。微子先流亡，后投诚武王，“肉袒面缚，左牵羊，右把茅，膝行而前以告。于是武王乃释微子，复其位如故。”微子后来成为宋国的鼻祖。比干因直谏遭挖心而惨死。箕子先装疯，再为奴，后远走东北，开疆拓土，建立了朝鲜国。“武王既克殷，访问箕子。”（《史记·微子世家》）这次访问的成果就是留传下了《洪范》这个大文章。武王给箕子的报酬也是巨大的，“于是武王乃封箕子于朝鲜而不臣也”（《史记·微子世家》）。中国与朝鲜是兄弟国家自武王封箕子始。

《洪范》九畴的具体内容是：一曰五行（水火木金土）；敬用“五事”（貌言视听思）；农用“八政”（食、货、祀、司空、司徒、司寇、礼、兵）；协用“五纪”（岁、月、日、星辰、历数）；建用皇极；又用“三德”（正直、刚克、柔克）；明用稽疑（卜筮）；念用庶征（天地的预兆征象）；向用“五福”（寿、富、康宁、攸好德、孝终命）；威用“六极”（凶、疾、忧、贫、恶、弱）。《洪范》一文浓缩了中国传统文化的精髓，被后朝高度重视，是太子的必读书，也是皇帝的工具书。

九畴里的农用八政，讲国家管理的八个层面，是最早的“国八条”。食，泛指农业。货，是金融、财税、工商贸易。祀是敬，是谢天谢地。“天子祭天地，祭四方，诸侯祭域内山川。”古人很少讲“重整旧河山”“人定胜天”这一类硬话。我们这一时代六十余年来，在江河治理上下手太重，黄河时而断流，以及一些中小河流严重缩水甚至干涸问题应视为教训。司空是城乡基本建设。司徒是教育。司寇即司法。礼是法律行规、政府的文风、百姓的民风及精神文明。兵指军事。古代的干部考核，也是以“八政”做基础的，比如唐朝的“四善二十七最”，考核官员业务能力的各项指标规定得很具体。在古人的认识里，一个公务人员，仅有政治觉悟，是不称职的。

《洪范》九畴，是《汉书》写作的指导思想，也是《汉书》成为一部中国大书的基本所在。我们今人修史或著书，用什么作为指导思想，需要认真思考和慎重对待。

祥　刑

祥刑是中国早期的法制术语，即善刑，是宽以待民的意思，包括罪民；不是罪大恶极，不讲严惩，也不讲“从重从快”这样的话。

以法治国自周穆王开始启蒙。穆王叫姬满，周朝第五位君主，前边四位依次是武王姬发、成王姬诵、康王姬钊、昭王姬瑕。这四位君王注重打天下，都城先在陕西的岐山，后到西安的丰镐，以此为根据地，向东和东南开拓。那个时代可以称为“东部大开发”。昭王姬瑕甚至死在东征的路上，“昭王南巡狩不返，卒于江上”。（《史记·周本纪》）穆王五十岁即位，“春秋已五十矣”（同上），在位五十五年，“穆王立五十五年”（同上）是长寿君主，真命天子。穆王继位后，调整国家大政，由攘外变安内，治国理民，谋求稳定江山社稷，并为后世留下两份重要文献，《冏命》和《吕刑》。

两份文献都是周穆王的谈话录。《冏命》存于《古文尚书》内，是任命伯冏为太仆正时的政治谈话，属谈心性质。

太仆正是最大的公务人员，相当于宰相。《吕刑》是司寇吕侯据王命制定的中国第一部刑法。“以五刑纠万民”，五刑共计三千条款，墨（刺面）一千，劓（割鼻）一千，剕（断足）五百，宫（绝后）三百，大辟（杀头）二百。《今文尚书》里的《吕刑》一文，是穆王具体阐述自己的法制观。

《冏命》里有三句话，值得我们今人回味：

“伯冏，唯予弗克于德，嗣先人宅丕后，怵惕唯厉。”穆王很虚心，不自我标榜，视自己为凡人。伯冏呀，我个人并没有养护好品德，所以继承先人得以登王位，是挑重担子过险滩。

“唯予一人无良，实赖左右前后有位之士，匡其不及，绳愆纠谬，格其非心，俾克绍先烈。”我水平一般，确实要依赖诸位重臣，指出我做不到位的，纠正偏失，缕清思路，以承续祖上大业。

“仆臣谀，厥后自圣。后德唯臣，不德唯臣。”近臣一味恭维，君主会自以为圣明。君主厚德在于近臣，失德也在于近臣。

其实所谓的明君，就是头脑清醒，不热胀冷缩。

《吕刑》里有四句话，对后世启发也多：

“王曰：有土有邦，告尔祥刑。在今尔安百姓，何择，非人？何敬，非刑？何度，非及？”穆王说，诸位列侯和拥有采地的大臣，我告知你们什么是祥刑。你们治理国家，安抚百姓，选择的不是有人之常性、有平常心的贤人吗？尊崇的不是原则正法吗？认真考虑的不是量刑标准吗？

“典狱，非讫于威，唯讫于富。”审判长审理案件，目的不在树立法律的威严，而是为民造福。

“轻重诸罚有权，刑罚世轻世重。”刑罚的轻与重，要依据社会实际状态去权衡，民风杂芜，民怨载道时期要轻，反之可重。一个人浑身是病，要统筹着耐心治疗，外科手术式的霹雳手段，身体承受不了。

“哀敬折狱。”法官对待罪人，要持社会怜悯的心态，戒除仇视心理。

士与倡优

“士”这个字，内涵是经历过变迁的。

在上古时候，士是掌刑狱的职官，位高权重。到了周代，是对有身份人的尊称。《尚书》中有《多士》一文，这是一篇周公的演讲稿。殷商旧贵族造反，周公带队伍平叛之后，把这群叛民整体移民，从河南的安阳搬迁到洛阳。周公给新移民上了一堂生动的政治课，题目叫“多士”，用今天的话说，是“诸位”。战国时候，士是对社会各界代表人物的统称，读书有成的叫“学士”，知阴阳五行的叫“方士”，公关谋划的叫“策士”，给人卖命的叫“勇士”，有德才却隐居的叫“处士”等。再后来，士就成了文化人的专属称谓。老话里说的“国之四民”，即士、农、工、商，士占据着榜首位置。

典籍中对士的注释也是多角度的，“士者，事也。任事之称也”，“通古今之道，谓之士”，“学以居位曰士”，“天子之元子士也”。荀子说：“以仁厚之能尽官职。”孟子说：“士之仕也，犹农夫之耕也。”概括起来，古代的士有三个特征：饱学，见多识广；脑子清楚，心明眼亮；有担当，竟事功，具备做事情的执行力。中国古人对“文化”这个词的认知，重点在“化”，文而不化不叫有文化，读一肚子书而无所为，不被称为“士”。

倡和优，还有俳，是古代对演艺人员的称呼。三者有细致的区别，倡指乐人，即器乐演奏者，也和唱通假。优指戏曲表演者。俳是滑稽戏艺人。“以其戏言之谓之俳，以其乐言之谓之倡，亦谓之优，其实一物也”，“俳优，谐戏也。倡，乐人也”。“倡”“优”“俳”这三个字，是有讲究的，古代的“艺术工作者”，进了皇宫给皇帝服务的，称为“倡优俳”，在民间给人民服务的，叫“百戏”，坊间谑称“戏子”。

从前，皇帝把自己待见的士和倡优安置在身边，做侍从。随便给个官职，士一般叫“待诏”，倡优身份低；不方便给政府部门的职位，就赐园艺师、御马师什么的。比如汉武帝有一个侏儒表演小分队，每位成员都被称为“驺”，就是御马师。这些人不是养马，也养不了马，只是陪马溜达而已。

汉武帝的这支侏儒小分队还引爆出一个事件。

汉武帝公元前141年即皇帝位，即位之初，向全国征召“贤良文学”人才，一个叫东方朔的特立独行人物首批“特诏”入宫，职位就是“待诏”。但过了很久，东方朔连汉武帝的面也见不上。这一天，他来到侏儒们中间，说：“皇上准备杀掉你们这些人，原因有三个，你们这些人种不了田，治理不了国家，打不了仗，白白浪费粮食而已。”侏儒们听后恐惧大哭。东方朔说：“今天皇上从这里经过，你们叩头请罪就可以免死。”汉武帝经过的时候，“侏儒皆号泣顿首”。武帝问明原因，把东方朔召来问话：“你为什么恐吓这些人？”东方朔说：“我今天死活都要禀告您我真实的想法，这些侏儒身高三尺，月奉一袋米，二百四十钱。我身高九尺，也是月奉一袋米，二百四十钱。侏儒饱死，我饿死。您如果接受我冒死犯上的建议，请提高我的待遇。如果不接受，请放我回家。”汉武帝听后很开心地笑了，当下给东方朔升职一级，由公车署待诏，擢升金马门待诏，可以随时见到汉武帝了。

清代的乾隆皇帝是把士和倡优画等号的，他教训大学士纪晓岚时，说了一句得罪全国读书人的话：“朕以为你文字尚优，故使领四库书（此时，纪晓岚任《四库全书》总编撰），实不过以倡优蓄之，汝何敢妄议国事。”管仲是春秋时期的文化大人物，比乾隆年早两千多年，他在《小匡》一文中，指出了士与倡优关系的要害：“倡优侏儒在先，而贤大夫在后，是以国家不日益，不月长。”

最爱倡优的皇帝是刘邦之子汉惠帝刘盈，生前爱，死了还爱。刘盈性格羸弱，惧怕母亲吕后，国家大小事一概不拿主意，整天沉浸于“艺术工作者们”中间。他去世后，在陵区一侧设安陵邑，从全国一次性移民几万名演艺界人士，“徙关东倡优乐人五千户以为陵邑，善为啁戏，故俗称女啁陵也”。五千户，据专家推算在五万人左右。司马迁著《史记》，不置《惠帝本纪》而置《吕太后本纪》，这是史家对这位皇帝的态度。

说真话，说实话，是士的最大追求。士子们为实现最高追求，需要接受并适应皇权至上的生态。于是，在大义凛然的正说之外，巧说、戏说、绕弯子说就出现了，同时出现的还有表演说、贱骨头说、昧良心说。中国古代轻视甚至蔑视演艺行当，蔑视的是人格的表演、伪装和扮相。

东方朔有两篇文章，《答客难》和《非有先生论》，是讲士子们在皇权的大屋檐下，怎样低头不低心志的，均是千古奇文。其中，《非有先生论》中有一句感叹：“谈何容易！”再怎么不容易也得谈呀，由此更凸显了这两篇奇文的价值和力量。

参话头

齐景公问政于孔子，孔子对曰：“君君、臣臣、父父、子子。”公曰：“善哉。”（《论语·颜渊》）

这句话，如果仅从字面上依文解义，会唐突孔子，会有“圣人不过如此”的直觉，一介只讲忠孝的刻板腐儒而已。事实上这句话是沉甸甸的，话里有话，话外有声，背后隐含着对齐景公入骨的批评。

齐景公是中国政治史里君主荒政却悠然享国的极端个例，在位五十八年，上吃齐国数百年基业的“老本”，下有晏婴等贤臣的辅佐。史书评价是“主昏于上，政清于下”，用老百姓的话说是“傻小子有傻福”。齐景公会吃会玩会享受生活，舒坦了一辈子，却没有留下一件政德之事。“齐景公有马千驷（四千匹马，指贪图奢华），死之日，民无德称焉。”（《论语·季氏》）这位君主在位时间长，儿子多，有记载的是六位，却迟迟不立后嗣储君。齐景公向孔子问政时的背景是这样的：鲁国发生臣逐君的动乱，孔子随鲁昭公到齐国政治避难，

“昭公师败，奔于齐……鲁乱，孔子适齐”（《史记·孔子世家》）。“公孙于齐，次于阳州。”（《左传·昭公二十五年》）鲁昭公流亡齐国，住在次阳这个地方。这一年是公元前517年，孔子三十五岁，齐景公在位已经三十一年。孔子对症下药，用“君臣父子”八字方针阐述于国于家的政治主见：君臣是职业，君有君职，臣务臣业。父子是天德，父尽责任，子守本分。齐景公听后只是嘴上叫好，却没有听进去半个字，依旧我行我素。到了晚年，溺爱幼子荼，经常哄孩子玩游戏，也算父子情深，趴在地上，嘴里叼一根草绳，让荼牵牛一样走，甚至为此还磕掉一颗牙齿。弥留之际传大位给荼，却是害了这孩子，引发诸子争位贼臣弑君的祸乱。“齐陈乞弑其君荼”，“女忘君之为孺子牛而折其齿呼”（《左传·哀公六年》）。

齐景公的这些行为给后世的文学家预留了写作的素材，“横眉冷对千夫指，俯首甘为孺子牛。”（鲁迅《自嘲》）“从来溺爱智逾昏，继统如何乱弟昆。莫怨强臣与强寇，分明自己凿凶门。”（冯梦龙《东周列国志》）

“孔子谓季氏，八佾舞于庭，是可忍也，孰不可忍也。”（《论语·八佾》）

这一句与上一句的背景是联系着的，“八佾舞”事件在前，鲁昭公流亡齐国在后，均发生在公元前517年，记载见《左传·昭公二十五年》。“平子有异志”，季氏是季平子，鲁国的执政大臣，君臣反目，刀兵互见，鲁昭公兵败被逐。佾是古代舞的规制名称，每行八人，八佾是六十四人。古代的舞是政治待遇，天子八佾、诸侯六佾、大夫四佾，用现在的话讲，季平子身为大夫，用八佾舞于庭，是严重超标。“将禘于襄公，万者二人，其众万于季氏。”禘是大祭，鲁昭公祭祀先君鲁襄公。“万”是舞名，跳万舞的只有两人，众多的舞师都到季平子家里了。孔子讲此事“不可忍”，指的是季平子的僭越反心。万舞是古代祭祀传统礼仪，自商代传承下来的。《诗经·简兮》这首诗对万舞有生动丰富的描述。“简兮简兮，方将万舞。日之方中，在前上处。硕人俣俣，公庭万舞。有力如虎，执辔如组。”孔子说，季平子在家里用这样的舞蹈，不会有好果子吃的。这句评价是有大预感的，季平子反叛鲁昭公后，他的家臣阳虎再反叛他，上梁不正下梁歪。

《论语》这部经书，是孔门弟子的课堂笔记摘要，自身是不成体系的。探究孔子的精神境界，既要把《论语》前后贯通着读，还须下功夫参读其他著作。比如第一句是讲政治伦理的，文在《颜渊》一章，但在《季氏》一章里，孔子才把话讲透彻。“天下有道，则政不在大夫。天下有道，则庶人不议。”如果齐景公没有那样的行为，鲁迅和冯梦龙也就无所议论了。封堵民众之口的上策，是天子有好作为。再比如第二句讲君臣伦理。君臣失睦是有潜伏期的，孔子在《易经·坤卦·文言》中把这个道理说明白了："臣弑其君，子弑其父，非一朝一夕之故。其所由来者，渐也，由辨之不早辨也。"

参话头，是佛门里的话，指的是由一句话牵扯领悟出一堆东西，目的是找到厉害话的厉害之处。中国读书人的老话叫"经史合参"，经是常道，是恒久不变的东西，是不动产。史是变数，是世道的玄机，是无常鬼。经与史参合着看，视角就立体了。

经与史参合着看，视角就立体了。

㊄ 兼收并蓄

日月不同，信仰差异。

信什么

《列子》这部书里讲过周穆王信变的故事。

周穆王叫姬满，是西周第五位天子，史上尊称神仙皇帝。他执政很有一套雄才大略，创造了中国历史上第一个路不拾遗的民富国强时代。最了不起的是，作为国家的一把手，他很注重培养个人的终极信仰。“周穆王时，西极之国有化人来，入水火，贯金石；反山川，移城邑，乘虚不坠，触实不碍。千变万化，不可穷极。既已变物之形，又且易人之虑。”面对这位身怀高科技手段的化人，“穆王敬之若神，事之若君。推路寝（自己的住所）以居之，引三牲以进之，选女乐以娱之”。但这位化人“以为王之宫室卑陋而不可处，王之厨馔腥蝼而不可飨，王之嫔御膻恶而不可亲”。穆王于是又举倾国之力为他造了一所寝宫，“五府为虚，而台始成。其高千仞，临终南之上，号曰中天之台”。化人仍不以为然，“犹不舍然，不得已而临之”。

见到穆王闷闷不乐，化人带着他“访问”了一次自己的国家，“王执化人之祛，腾而上者，中天乃止。”“化人之宫构以金银，络以珠玉；出云雨之上，而不知下之据，望之若屯云焉。耳目所观听，鼻口所纳尝，皆非人间之有。”化人的居住地是另一番天地，已脱离了地球，阳光不是太阳的，月华不是月亮的，“仰不见日月，俯不见河海。光影所照，王目眩不能得视；音响所来，王耳乱不能得听。”穆王在这个环境里根本待不下去，“百骸六藏，悸而不凝。意迷精丧，请化人求还。”穆王的这次访问是一次神游，只是打了个盹儿的工夫，醒过神来后，桌上的稠酒还没有沉淀清澈，菜肴也未凉，“酒未清，肴未昲。”化人据实告诉穆王，我在你这里住得不舒服，就像你在我那里住得不舒服一样。

日月不同，信仰差异。穆王意识到这个道理，驾乘自己的八匹宝马，西去昆仑山。这八匹旷世宝马，分别叫赤骥、盗骊、白义、逾轮、山子、渠黄、骝、绿耳。驾车手有多人，为首的叫造父。在昆仑之巅，“以观黄帝之宫；而封之以诒后世”。王母娘娘在瑶池设宴厚待，还亲自唱歌，“王和之，其辞哀焉”。穆王所哀，应该是迟了这么久才找到自己的灵魂寄托吧。

神话不同于人间话之处，是既可以当成无上妙语，也可以看作纯粹扯闲篇。关于穆王西去昆仑的这一段传说，后世有多种解读，其中一种是，身为天子，不带领老百姓一心一意谋发展，聚精会神搞建设，而去四处闲逛。白居易为此作诗“瑶池西赴王母宴，七庙经年不亲荐。璧台南与盛姬游，明堂不复朝诸侯。”诗是好诗，却是人间话。一个普通人建立个人信仰是重要的，对于大人物应该更重要。

反粒子

先说个老故事，或许叫寓言更恰当些。其实，寓言就是下潜了深度的故事。

背景是战国初年，故事的起因是一位陕西人，依当年的身份叫秦人。秦人姓逄，逄家有个儿子小时候是神童，早慧。但长大以后却患了“迷惘之疾”，“闻歌以为哭，视白以为黑，飨食以为朽，尝甘以为苦，行非以为是。意之所之，天地四方，水火寒暑，无不倒错者焉”。小逄得的是颠倒黑白混淆是非病，是思想病。老逄很着急，打听到到鲁国有一位大名鼎鼎的“君子”，是专治这种病的行家（故事里没有明说，估计指孔子），就带着小逄出国看病。途经陈国时偶遇老子，有病乱投医，先请老子给瞧瞧。老逄这个人身份不低，至少是重量级公务员，可以随时随地约见大腕级文化人。

老子了解了小逄的情况后，对老逄说了一通别开生面的话。老子开门见山讲了两层意思。第一层是诘问老逄，你凭什么判断这种情况是病呢？如今天下普遍“惑于是非，昏于利害，同疾者多，故莫有能觉者”。这句话很厉害，如果是病，也是社会流行病，是通病；如果不是人病，那一定是社会病了。如同今天评判社会百态的那句话：价值观混乱，导致社会认识底线和道德底线下行。

老子讲的第二层意思是：一个人价值观迷惘了，对一个家庭不算什么；一个家庭迷惘了，对一个村子不算什么；一个村子迷惘了，对一个国家不算什么；一个国家迷惘了，对整个世界不算什么；整个世界迷惘了，那也是一种社会大同。如果天下人都和小逄一样，你老逄就成了迷惘症患者。老子的结束语是，他这种认识“未必非迷”，但他知道，鲁国那位“君子”，是迷惘的集大成者，根本帮不了你儿子，趁着还没走多远，节省盘缠打道回府吧，“荣汝之粮，不若遄归也”。

《列子》里的这个故事没有下文，也没有交代老逄去没去鲁国。好寓言的价值，就在于激活认识领域的多种可能。

反粒子是现代物理学里的一个概念，我对此一窍不通，从课本里抄来一句释词：“在原子核以下层次的物质的单独形态，以及轻子和光子，统称为粒子。所有的粒子，都有与其质量、寿命、自旋、同位旋相同，但电荷、重子数、轻子数、奇异数等量子数异号的粒子存在，称为该种粒子的反粒子。除了某些中性玻色子外，粒子和反粒子是两种不同的粒子。”一位学物理的学生告诉我：粒子和反粒子是 20 世纪 30 年代人类对物质的认识成果。20 世纪 90 年代之后有了延续，又捕获了反物质。粒子和反粒子都是正常的物质存在，却是两种存在方向。粒子和反粒子相遇的话，就可怕了，二者湮灭，爆发出核反应，释放出极端能量。

我对反粒子肤浅的理解是，有一个正数，就有一个相对应的负数，中间至少隔着一个零。正数和负数不是一分为二那个层面，更不是正数是正确的，负数是倒行逆施，有时恰恰相反。负数的可贵之处，在于难以被发现，难以捕捉到。人们整天为正数奔忙，疏忽了相对应的那个客观存在，就埋下“昏于利害”的种子。

黄帝的三十年之悟

据医生说，人的脑髓是一种灰色的物质。

灰色是不动声色，包罗万象，黑和白掺和在一起是灰，红黄蓝掺和在一起还是灰。颜色越杂，灰得越沉。物质，当然还有思想，充分燃烧之后是灰的。天破晓，地之初是灰的。天苍苍，野茫茫，苍和茫都闪烁着灰的光质。在希望和失望的交叉地带上，是一览无余的灰色。一个人呢，灰什么都行，心万万不能灰的，心要透亮，不能杂芜。

中国人做事情，强调用脑子，不仅讲能力，讲水平，还讲究上境界。上了境界叫超一流。一本好书，一幅好画，一支好曲子带给我们的益处自不待言。超一流的木匠、裁缝、厨子可以极大地优化我们的生活质量。再往实惠里说，经济上忽冷忽热是缺乏上境界的经济家，国家边疆滋事纷纷是缺乏上境界的军事家，民怨载道是缺乏上境界的政治家。做事情上境界，不仅是把这件事做好了，还捕捉到了做这类事的规律。

中国人真正相信的东西其实不多，但对黄帝，是骨子里自发的迷信，着迷一般的坚信。无论海内的，还是海外的，只要是华人都自傲为他的子孙。黄帝是中国历史上唯一一位不被争议的国家领导人，既领袖当年，也滋润着几千年以降的民心民愿。

传说中黄帝在位五十八年。那时候没有史书，他老人家正在致力于发明文字，启动国家扫盲工程不是使民识字，而是一个一个制造汉字。没有史书，不能叫史载，只好传说。黄帝履任的前十五年，和后朝的多数皇帝差不多，不断地树立个人威信，喜欢被紧密围绕，也吃喝玩乐什么的，“喜天下戴己，养正命，娱耳目，供鼻口”。第二个十五年黄帝真的干活了，“忧天下之不治，竭聪明，进智力，营百姓”。一心一意谋发展，聚精会神搞建设。立国三十年的时候，当时的大中华呈现出一片表面繁荣的局面。到了这个节骨眼儿上，黄帝显示出了超凡脱俗的一面，开始了由治国到治世的思考，长考了三个月。“于是放万机，舍宫寝，去直侍，彻钟悬，减厨膳，退而闲居大庭之馆，斋心服形，三月不亲政事。”“斋心服形”这个词要注意，吃斋，不是一股劲儿地吃素食，而是养斋心。牛马大象一辈子都吃素的，仍然只是牛马大象而已。

黄帝的了不起在于构建了完全中国化的政治理想。他的政治理想不是一个观念，或几个概念，而是实实在在的国家蓝图。这个蓝图是他梦中到过的“华胥国”，“其国无帅长，自然而已；其民无嗜欲，自然而已。不知乐生，不知恶死，故无夭殇；不知亲己，不知疏物，故无爱憎；不知背逆，不知向顺，故无利害；都无所爱惜，都无所畏忌。”黄帝是最早提出民权民生民本的政治家。黄帝思考成熟了之后，召集“天老、力牧、太山稽”几位重要阁僚，告知他们，以后就照着这张图纸去干吧。“又二十有八年，天下大治，几若华胥氏之国。”

黄帝告诫大臣还有一句核心的话：“今知至道不可以情求矣。朕知之矣！朕得之矣！”情是人欲，人之常情是要认真对待的，但要站在更高的层面去思考这个问题。这句话真现代。

内装修

我们的中医很了不起，用风和气的原理解释人的身体。

关于风和气，描述得最早也最文学的是庄子，“大块噫气，其名为风”。风是无形状的，我们走在旷野里，被风簇拥着，那是身体的感觉。风吹皱一池春水，那是水的响应。风也是无声的，我们听到的声音，风声鹤唳，冷风飕飕，狂风怒号，是风碰到了东西，摩擦碰撞引发的动静。风碰到实的虚的东西，发出的音乐是不一样的，有些如击鼓，有些如拿捏笛箫，有些如撩拨琴瑟，有些简陋的就是喇叭唢呐。庄子还发明了一个词，叫“吹万”，世间万物的千姿百态，都是大自然这么“吹”出来的。

风协调着世间的万物。和谐了，则风和日丽，风调雨顺；风遇到梗阻，风云突变，就会出问题。小一点儿的问题如台风、龙卷风、飓风，夹带着沙尘暴；大的问题如厄尔尼诺现象、拉尼娜现象，气候出现异常，大旱、大涝、酷暑、奇寒。“吹万”是大环境，大环境是人力不能左右的。有人类历史以来，大环境没有什么变化，日月星辰，风云雷电，大江大海，基本还是老样子，中间出现的局部问题，都是人类自酿的苦酒。由此也可以印证，“人定胜天”那句话，是一句妄语。

我们每个人的身体，都是一个小地球，也可以叫小宇宙。一个人起早贪黑地忙碌，就是地球在一天一天自转。我们的身体被风内控着，意气风发，神清气爽，满面春风，甚至趾高气扬，都是风在体内运行正常的形态；风行不畅，麻烦就来了。风在“窍”处遇阻，会打嗝，放屁。风滞在经脉上，风湿、类风湿、关节炎，包括痛风这些病状就出现了。这些都是小麻烦，中风就复杂了，不仅仅是风行不畅，还是风控制不了身体的局面了。中风的初级阶段是头晕、眩晕、肢体麻木，高级阶段的恶果就不用我说了。

一个老中医告诉过我两句顺口溜，一句是“通则不痛，痛则不通”，指的就是风在体内的运行原理；另一句是“有病没病，防风通圣”。“防风通圣丸”是老方剂，如今已是中成药，很普通，很便宜，两三块钱就给一大包。药普通，效果却神奇，有病治病，没病调理身子。

风和气不仅是生理的，还连着心理。喜怒哀乐是生理的，但和心理纠缠在一起。心安理得，心澄意远，也是这一层意思。生理和心理是意识的基础，说地基也行。意识的俗称叫念头。一个人从早晨醒来第一个念头计算起，到晚上睡着之前最后一个念头（把“梦想”排除在外），一天之中要生出多少“杂念”？主动的，被迫的，潜意识的，下意识的，恐怕再细心的人也不便统计出来。这些念头串联在一起，一天又一天，一年又一年，人活一辈子活啥呀，就是活这些念头。万念俱灰是形容一个人活够了，活烦了。故此，儒家才强调明心见性，修心养性。道家不仅修心，连身子骨都修。儒和道两家都是围绕着一个人的“万念”去修，去粗取精，去伪存真。

修身养性是内装修，但内装修妥帖了，还要有所为。一个身心健康的人，如果一辈子碌碌无为，应该是最大的憾事。

有多少种觉悟叫迷悟

菩提本无树，有什么呢？

佛学是进口的，是外来的精神。佛进入国门之前，儒学担纲着国人修身齐家治天下的责任。尤其是汉代，一门独大。佛学进国门之初，是奢侈品，被皇家御用，有点儿反客为主的意思。宋代儒学再度中兴，把佛学从宫廷中排挤到民间。佛门是伟大的，生命力极强，就此落地生根，禅宗便是佛学中国化的产物。外来的精神想中国化，如果不被老百姓广为接受并喜爱，是不太可能的事情。

汉代治国养民的大义有“六指（旨）”：“天端，流物，得失，法诛，尊卑，谦义”。天端是顺自然，守天地大规律，德在天地，神明咸集，“木生火，火为夏，木为春，天之端”，“火由木生，为物皆本于春，《春秋》首书春，所以正天端也”。流物是世间百态，以及变幻无极的万物。“援天端，布流物，而贯通其理，则事变散其辞也。”“天端”和“流物”是总则，世道变数的奥秘之理隐于其中。“志得失之所从生，而后差贵贱之所始也”，影从形起，响随声来。记载得失产生的缘由，可察晓尊卑贵贱差别之义，用今天的话讲，叫考察社会各阶层心理指数。“论罪源深浅定法诛”，法律是保障社会公正的，要有恒温，不可因时而宜，不可人为的从重从快。“载天下之贤方，表谦义之所在，则见复正焉耳。”推表贤良方正之士，彰显谦和礼义，人心则崇尚正道。六指是儒学大道理，汉代不是讲出来的，是做出来的。东汉末年党锢之祸，166年和168年，政府两次镇压了几百位儒学大人物，读书人由此开始疏离政治，有了归隐田园的心理，及至魏晋、唐之后，形成儒释道三足并存的中国文化局面。宋代的儒学，尽管再度被皇家器重，但已和汉代是两个天地了，汉儒在社会学范畴，宋儒升腾为理学，给自己留了退路，入了哲学的境地。

《曹源一滴水》是一本禅识录，有意味的是，里边有一辑是历代高僧大德专门回答“如何是道”的。恭录几则：

僧问：“如何是道？”师曰：“道远乎哉？”

僧问：“如何是道？”师曰：“何不问己？”曰：“自己云何是道？”师曰：“处处绿杨堪系马，家家有路通长安。”

僧问：“如何是道？”师曰：“妄想颠倒。”

僧问：“如何是道？”师曰：“顶上八尺五。”曰：“此理如何？”师曰：“方圆七八寸。”

僧问：“如何是道？”师曰：“只在目前。”曰：“为什么不见？”师曰：“瞎！”

僧问：“如何是道？”师便咄。僧曰：“学人未晓。”师曰：“去！”

僧问：“如何是道？”师曰：“太阳溢目，万里不挂片云。”曰：“如何得会？”师曰：“清清之水，游鱼自迷。”

僧问：“如何是道？”师举起拳。僧曰：“学人不会。”师曰：“拳头也不识！”

僧问：“如何是道？”师曰：“高高低低。”僧曰：“如何是道中人？”师曰：“脚瘦草鞋宽。”

僧问：“如何是道？”师曰：“拍手笑清风。”

僧问：“如何是道？”师曰：“头上脚下。”曰：“如何是道中人？”师曰：“一任东西。”

僧问：“如何是道？”师曰：“砖头瓦子。”曰：“意旨如何？”师曰：“苦。”

心底那个“愚”字

一个人读了一段圣人书，念了几页佛经，突然眼前一亮，心底一惊，好像真明白了些什么。或看了一幅画，听了一首曲子，境界一下子上去了。正高兴的时候，旁边有人告诉他：你的股票跌了；职称没通过；当局长的事泡汤了；体检结果出来了，脑子里发现一个东西。听了这些话之后，这个人仍在那个境界上，下不来，就叫受活；从境界上下来了，不叫受活，叫活受罪。仅有受活还不够，接下来还要保持下去，叫受用。

王大平先生是《美文》杂志创刊时的奠基人物，今年七十岁了。六十四岁那年他血管里搭了几个支架，上手术台的时候，情况急迫，医生请他留下几句话，他想了想，说：“台湾仍孤悬海外，见不到台湾回归了，就这一个遗憾。”几天前去和老汉聊天，又说及这件事，他自己听了也开心地笑。“荆棘从中下脚易，月明窗前转身难。”我从大平先生身上学到了一堆编辑手艺，但境界这种东西学不来。

一个中学生做几何数学题，已知求证了一大通，最后证明的东西出不来，老师告诉他，你求证的方法错了。这是被方法蒙蔽了。

一辆汽车东拐西拐找不着要去的目的地，这辆车是被道路蒙蔽了。

一个事业家忙天忙地的，有一天烦了，抽个空去庙里烧几炷香，或捐个金刚什么的，从庙里出来，仍然又什么都敢做敢干。这不是被佛蒙蔽了，也不是让事业蒙蔽了，而是自己把自己蒙蔽了。

一个人活着，或多或少或长或短都有想不开的时候，想不开，就是心底有个“愚”字在闹腾。每个人心底都有一个“愚”字，抱着它是一种活法，想办法扔又扔不掉也是一种活法，眼不见心不烦还是一种活法。但怎么样活，就是怎么样的人生。

敬与耻

在貌为恭，在心为敬，这是一句老话。敬，指内心的端庄正直。西安土话里有“端坐”“端走”“端下”等词汇，这个“端”的含意就是正直。孟子讲的“四端”，是做人的基本。“恻隐之心，仁之端也。羞恶之心，义之端也。辞让之心，礼之端也。是非之心，智之端也。”

敬有两方面的指向，敬人和敬己。敬己是敬德，是自尊、自重、自爱，是克敬守敬。敬礼不是举举手、摆个姿势、装装样子，而是循规守矩的总称。敬人，敬业，敬行当，敬天地万物。敬事房，是清朝康熙年间设置的一个中央办公部门的办事机构，属内务府。职责范围有：“奉行谕旨及内务府文书，管理宫内事务及礼节，收核外库钱粮，甄别调补宦官，并巡查各门启闭、火烛关防。”皇帝和后宫的居行，吃喝拉撒，以及正经和不太正经的娱乐，都包括了。当好这个琐碎的差使，皇帝只要求一个字，就是敬。“事上以敬，事下以宽”，是《清史稿》对大太监刘有三做的政治结论。

老话里关于敬，还有很多说道，“入门主敬，升堂主慎”，“宾客主恭，祭祀主敬”，“敬事而信”，“居敬而行简”。敬是一个人的态度，要有态有度，态是行为状态，度是分寸感。无论对人还是对己，不及和过分都是失敬。

“耻”，原写法一边是“心”，一边是“耳”。一个人心底偶尔冒出一个不妥的念头，或听到一句想洗耳朵的话，会有点儿不好意思。这点儿不好意思，就叫耻。无耻，就是没有这点儿不好意思。用南怀瑾先生读经的话说：“真正爱面子这一点儿心思，培养起来，就是最高的道德。”

孔孟二老对耻的知见很清澈，“行己有耻”，“知耻近乎勇”，“耻之于人大矣”，“人不可以无耻，无耻之耻，无耻矣”。

明末清初的大学问家顾炎武有一篇好文章，叫《廉耻》，其中有两句了不起的判断。一句是，“盖不廉则无所不取，不耻则无所不为。”另一句是，“士大夫无耻，是谓国耻。”

多士

《多士》是周公的一篇演讲辞，记录于《尚书》内。

周公是中国大宰相的开端人物，有智慧，有胸襟，有境界，也有感情。如果历史记载可靠的话，可以这么说，后朝的芸芸宰相里，无出其右者。周公是文王第四子，武王胞弟，“自文王在时，旦（周公）为子孝，笃仁，异于群子，及武王即位，旦常辅翼武王，用事居多。”（《史记》）周公辅佐武王襄定天下，翦灭殷商后，且行仁政，封商纣之子武庚于商地，“以续殷祀”，派兄弟管叔、蔡叔、霍叔抚民监国。武王山崩，其子姬诵即位周成王，“成王少，在襁褓之中”（《史记》），周公“摄行政当国”。此间，“三监”与武庚趁“主幼”谋叛，周公率军平乱除奸，为绝后患，把殷商名门旧臣等一大批“精英分子”整体西迁至“洛邑”（今洛阳域内），“移民”工作结束后，周公给这批精英分子做了一次集体谈话，告诫他们顺从周族的教导，长久安居，内容即是《多士》。多士是周公对这群人的雅称，相当于现代称呼里的“各位”，史书里记作“殷顽民”。“成周既成，洛阳下都，迁殷顽民，殷大夫士心不则（测）德义之经，故徙近王朝教诲之。”

周公是周朝政治的总设计师。创制之一是“嫡长子继帝位，余子分封制”，商朝大位的传承以“兄终弟及”为先。（“三监”与武庚的叛乱，初因亦是基于商朝这种传脉元素，以为周公名为摄政，实为谋国）。创制之二是封建制与宗法关系融合，每个诸侯国均建宗庙，推崇“明德有序，孝友为宗”。“其始祖被全疆域人众供奉，保持一种准亲属关系。”（黄仁宇语）国家的精神文明建设不在口头上，也不在表面形式上，而是与人们的日常生活相关联，把树根扎在具体的泥土之中。外在的广大疆域，由内在的道德认知充盈，这一模式被后世的孔子归纳为“礼”，且由礼而理，渐而繁育为中国传统文化精神的核心。孔子讲的“克己复礼”，含义即在此。

《多士》这篇演讲辞，讲了三方面内容：一是纣王不敬天，暴虐，不遵汤法，乱德。商汤灭夏桀建立殷商，是应天而为，从商汤到帝乙三十位帝君不敢违背天德，也能够与天一样给子民恩泽。“自成汤至帝乙……殷王罔感失帝，罔不配天其泽。”纣王反其道而行，上天才降下丧亡大祸。“唯时上帝不保，降若兹大丧。”二是殷人不明。周取代殷商与殷商代夏一样，是顺天而为，但你们不服从周的治理，发动叛乱，这是把你们移民到这里的原因。第三点就有点儿语重心长的意思了，殷人是有历史文献的，记载得也详尽。殷灭亡夏之后，曾选拔留用旧臣担任官职。但我如今不能任用你们，也不伤害你们，并且赦免你们的罪。洛邑是一座大城，以后会成为周的王都，你们生活在这里，如果顺从周治，就会给你们土地，让你们安居乐业。最后还讲了一句祝福的话，“尔小子乃兴，从尔迁”。你们的后辈将会兴旺发达，从你们迁居此地之日开始。

在我们中国，一个朝代刚建立，对待前朝旧臣有逆心逆行的，多数是赶尽杀绝的。从这一点上讲，周公确实有大政治家的胸襟与远见。在唐玄宗李隆基之前，中国各地的“文庙”是主祭周公的，孔子在侧侍座，以此彰显儒家的筋脉传承。自李隆基之后，改为主祭孔子，后来一些地方索性把文庙直呼为孔庙，也不知道周公触动了李隆基哪条神经的末梢。但李隆基祭孔子的诗写得很见功夫：“夫子何为者，栖栖一代中。地犹鄹氏邑，宅即鲁王宫。叹凤嗟身否，伤麟怨道穷。今看两楹奠，当与梦时同。”

腹有诗书气自华

解放思想，得先有思想，或者知道思想在哪里。还有一个要点，这个思想是在牢笼里被束缚着，然后把笼子打开。这个过程，叫解放思想。

公元前221年，秦灭六国，实现了国家的大一统。八年后，公元前213年，秦始皇下达焚书令，全国范围内大面积禁书，重点是记载六国历史的书，《诗经》和《尚书》，以及诸子百家著作。“非秦记（秦国史书）皆烧之。非博士官所职，天下敢有藏《诗》《书》百家语者，悉诣守、尉（全部上缴政府）杂烧之。有敢偶语（私下讨论）《诗》《书》者弃市（斩首示众）。以古非今者族（灭门）。吏见知不举（检举）者与其同罪。令下三十日不烧，（主要官员）黥（脸上刺字）为城旦（守城）。所不去者（不在禁书之列），医药、卜筮、种树之书。”再七年后，公元前206年，秦朝灭亡，一个庞大的帝国只存世十五年，其中的深刻教训应该反思。也在这一年，项羽率兵攻进了咸阳城，放了一把烧了三个月的火，整个都城，包括国家馆存图书，全部化为灰烬。秦始皇的焚书之害，是恶劣的政治对中国传统文化的一次大扫荡，也是对战国以降百家争鸣宽松文化生态的终结。

秦朝高度警惕《诗经》和《尚书》，是由于这两部书的思想价值。《诗经》是诗歌集，但位列“五经”之首。周代的政府发明了一种民意调查办法，叫“采风”。采风就是采诗，采撷民间创作的诗歌作品，政府设置采诗官，上到国家，下到诸侯国，都有这样的编制岗位。各地的采诗官把搜集到的诗上呈各诸侯国，诸侯国再择优上呈周天子，还要配上音乐唱诵。这是“诗歌”一词的由来。采诗官采诗以及诸侯献诗有一个基本标准，就是以“怨刺诗”为主，相当于讽刺诗。讽刺诗里边可能有过头的话，但心态是真实的。赞美诗里全是动听的语言，但可能掺假。周天子凭借这些诗洞察各地的民俗民风和民意。《诗经》中的“国风”一百六十首，即反映黄河流域上自甘肃下至山东十五个地域的民风。当年的长江流域文化欠发达，旧称“楚无诗”。“男女有不得其所（不如意，不称心）者，因相与歌咏，各言其伤”，“孟春之月，群居者将散（年过后，百姓们各种聚会结束，各行各业又开始忙碌了），行人（采诗官）振木铎（一种响器，模样类似大的拨浪鼓）徇于路，以采诗，献之太师，比其音律（配上音乐），以闻于天子。故曰王者不窥牖户（不走出门，指天

子在宫中）而知天下。”（《汉书·食货志》）

孔子在这些诗的基础上编选出《诗经》，收录三百零五首作品。孔子当年身在鲁国，是怎么拿到这些原始资料的呢？《公羊传注疏》里有一句话：“昔孔子受端门（国之正门，即周天子）之命，制《春秋》之义，使子夏等十四人求周史记，得百二十国（一百二十个诸侯国）宝书，九月经立。”这句话包含着几层信息：孔子受周天子诰命著《春秋》；派子夏等十四位弟子搜集得到一百二十个诸侯国的历史资料；这些诗歌是国史资料中的一部分。孔子著《春秋》之后，又捎带着编辑出《诗经》，其中最重要的一个信息是，孔子不是以文学眼光编辑这部诗集的，而是以史家的态度，以醒世的眼光。

《尚书》，顾名思义，是高大上之书，集中国古代政治智慧之大成。《尚书》收录的是自尧舜禹到夏商周，两千余年间中国古代政治领袖及政治大家（如周公）的治世言论和标志性政治行为。有些是史官记录的，有些是后人撰述的。《尚书》也是孔子在晚年删定的，被视为治世大典，是后世太子即位后必读的首要之书。

《诗经》和《尚书》作为头号禁书，遭秦火毁灭，尤其是《尚书》，至今仍存“今文”与“古文”及“伪书”之争。“五经”中，只有《易经》作为卜筮之书逃过劫难。公元前213年和公元前206年的两次火灾，断绝了中华文脉，浩瀚的中国大地几无文字，成为了荒蛮之野。必须感谢汉代，感谢汉代的政治人物和文化大家所做的抢救性工作。西汉建立之初，即颁布“征书令”，政府在全国范围内征集书著，并且鼓励民间开课讲学。这项工作从高祖刘邦开始，一直到汉元帝，一百五十年间八位皇帝持续重视，整理修复出一万余部著作。我们今天见到的先秦诸子著作，百分之九十以上都是经由他们复原的，“汉儒附会而得”。秦朝视《诗经》《尚书》为国家妖孽，汉代不仅以“五经”为治国的指导思想，甚至以儒学著作为官员应选的必读书。由汉武帝开端的“察举制”，后来演进为科举制，只有读通了“五经”，再经过严格的考试，其中成绩优秀的，才能取得国家官员的上岗资格。

苏轼诗句“粗缯大布裹生涯，腹有诗书气自华”里的“诗书”二字，曾经专指《诗经》和《尚书》，也泛指书籍和知识。

礼物是有规矩的

礼的本意是典敬神明，字的结构从“示”从“豊”（豊是行礼时用的器具），之后衍化为人们行为规范的总称，简单说就是规矩。“敬礼”是向规矩致敬，“礼貌”是守规矩的言行状态，“礼义廉耻”是管仲提出的“国之四维”，一个国家的四个轴心。“何谓四维？一曰礼，二曰义，三曰廉，四曰耻。”“国有四维，一维绝则倾，二维绝则危，三维绝则覆，四维绝则灭。”“四维不张，国乃灭亡。”“克己复礼”是孔子的政治理念，回归周代的礼制，以拯救战国时“礼崩乐坏”世风沦丧的现实。“十三经”中有“三礼”，《周礼》、《礼仪》和《礼记》，可以视为中国古代的规矩大全。

礼物的本意是典礼时的贡献之物，“继承先王，修齐礼物”，后来衍化为彼此见赠的物品。古代的人送礼是讲礼数的，规矩很具体。

初次相见的见面礼叫贽，贽即质，指内心的诚意，“质己之诚”。在古代，男性与女性的见面礼有区别，男子的贽礼，尊者为玉或帛，普通人为禽鸟，以物彰明身份的不同。古代的女子主内不主外，贽礼一般是生活类物品，只表敬心，不彰指意。“男贽，大者玉帛，小者禽鸟，以章物也。女贽，不过榛粟枣脩（干肉），以告虔也。”

公侯的贽礼是玉，取意质地坚实而温润，有缺点但不掩饰，真实而高贵。卿的贽礼是羊，取意群居而不结党，有犄角不伤人，且是跪乳，有知恩之德。大夫的贽礼是雁，取意飞成行，止成列。士的贽礼是雉，野鸡，取意守气节，不卖身投靠，不可豢养。“取其不可诱之以食，慑之以威，必死不可生畜。士行威介，守节死义，不当转移也。”老百姓的贽礼是匹，鸭子。“庶人之贽匹”，“匹为鹜也”，取意鸭有翅而不飞，脚踏实地，一步一个脚印。

古人的贽礼是有严格讲究的，但有三种例外：将军在征途中可以不守贽的礼数，缨（用作装饰的穗子）、拾（射手左臂上的皮质护袖）、矢（箭头）均可。“野外军中无贽，以缨、拾、矢可也。”小孩子不能接受贽礼，因为尚未成人，不能享受人的礼遇。“童子委贽而退”，如果有人给了贽礼，孩子要礼貌地放下，退身而出。这一条还有特别的含意，预防下属到了上司家中，以给孩子礼物为名媚上。皇帝的贽礼是鬯，“鬯”通“畅”，一种百草酿制的低酒精饮料，取意汲天地精华以惠民，而不是取民脂民膏以壮国。“鬯有似于圣人者，纯仁淳粹，而有知之贵也。择于身者，尽为德音。发于事者，尽为润泽，积美阳芬香以通之天，鬯亦取百香之心独末之，合之为一，而达其臭气鬯于天，其淳粹无择，与圣人一也，故天子以为贽，而各以事上也。”天子之贽不是赠送，是赐或赏。

礼物的规矩里，体现着中国传统的交往习俗、人际关系，从中可以洞察既有尊卑区分又能因时制宜的社会伦理。

致中和

真正的和，是心物不分，浑然一体。

和是中庸之道。“喜怒哀乐之未发谓之中，发而皆中节谓之和。”和不是一股脑儿的和和气气，不是引而不发，而是“发而皆中节”。中节，应是什么就是什么，喜则喜，怒则怒，为所欲为。但这个为所欲为是道之上的所作所为。旧朝代里的一些昏君昏官，连做人的基本道理也不去弄懂，那种为所欲为，是下三滥，是胡作非为。这类行径，今天也难说没有。

“和者大同于物。”和，已经跨越了标新立异那种阶段，不求神通或通神，而是把心念空掉，忘知守本。一个人到了真正的高境界，就如常守常了。

和，守着天地法则，守大规律。

今年冬天，在最冷的时候，我在呼伦贝尔草原上住了五天。那里的冷是纯粹的，是实实在在的。晚上气温在零下 40℃以下，屋内屋外的温差在 60℃以上。人走出屋子，几分钟之后，黑眉毛就变成了两抹白霜。呼伦贝尔草原一年中有两个主色调，草色和雪色。每年晚春时节，往往是雪没有融化干净的时候，草就青青地长出来了。草一黄，雪又铺天盖地地下来了。冬天的呼伦贝尔银装素裹，天地寂寥，一望再望三望仍无涯。那里没有雪花，雪在半空中就化成了细小颗粒，落在地上不易板结，马羊牛可以轻松地蹚开雪找草填饱肚子，这应该是天意。

牧户在雪原上是照常放牧的。我这次到了一个牧户家里，方圆几十公里，只此这么一家。他家大概有三四百只羊，二十多匹马，还有一些牛。我此行最大的收获是知道了草原上的动物们在冬天里是怎样生活的。放牧的时候，马走在最前头，长腿蹚开厚厚的积雪搜吃草尖，马品性高贵，只吃草尖。羊群跟着来了，甩开小腿脚踢踢腾腾着吃草的中部。打扫战场的是牛，牛倔，但老实，剩下什么吃什么。牛不会蹚雪，没有马羊开雪路，会饿死的。天意，比科学更科学，马牛羊在冬天的草原上，就这么和谐地过日子。我们老祖宗说的真好——和为贵，“致中和，天地位焉，万物育焉。”

天地位焉，万物育焉。

陆 以古照今

世上的事情，开头时都是千头万绪的，
但到了高耸地带，难处差不多只剩下一个，
就是叫格局或境界的那种东西。

皇帝任性之后

刘邦做事情由着性子，信手拈来，信脚踢去。取出《汉书·高帝纪》里的三件事，事不大，件件惊心。从中可见识刘邦性格里的粗疏大气，更可领略史家班固的胆与识。

汉元年是公元前206年，不属于开国建元。这一年刘邦带队伍先项羽攻入咸阳城，由沛公升格为汉王，但势力和实力比项羽差很多，直到汉五年（前202）十二月在垓下决战，灭亡项羽，才掌控国家局面。大决战前三年，汉二年（前205）四月，他们之间还打过一场恶仗。刘邦率领五国诸侯联军，趁项羽大本营彭城（今徐州一带）空虚之际，攻入城中，顺便把项羽的美人和财物收入自己帐下，并且大摆酒席庆贺。“收羽美人货赂，置酒高会。”（货赂应指珍宝财物，不是他的某位女友）此时项羽正和齐军作战，闻讯后，立即率三万精兵，星夜行军，夕发朝至，刘邦的几十万联军如同乌合之众，不堪一击，死伤惨重。“大破汉军，多杀士卒，睢水为之不流。”刘邦本人也陷入重重包围之中，但在危急时刻，天佑刘邦，“大风从西北起，折木发屋，扬砂石，昼晦，楚军大乱，而汉王得与数十骑遁去。”逃跑途中经过老家沛县，偶遇逃难的儿子和女儿，携带上一起跑，“汉王道逢孝惠（惠帝刘盈）、鲁元（鲁元公主），载行”。但很快被楚军骑兵追上，刘邦把俩孩子推下车自己跑了，幸亏夏侯婴，俩孩子得以保命。“楚骑追汉王，汉王急，推堕二子。滕公（夏侯婴）下收载，遂得脱。”

汉五年二月，刘邦转战途中在“汜水之阳”（今定陶）即皇帝位。都城拟沿袭周朝定在洛阳。一个叫娄敬的普通士兵（戍卒）给刘邦建议：“如今天下未定，定都洛阳不如长安，依据黄河秦岭之险要，进可攻，退可守。”刘邦又简单征求了张良的意见，当天即拔营西行。他破格重用娄敬，连升数级，且赐国姓，改娄敬为刘敬。“上（刘邦）以问张良，良因劝上。是日，车驾西都长安。拜娄敬为奉春君，赐姓刘氏。”刘邦的直觉是天赋的，因而才敢把定国都这样的事，搞成了说走就走的旅行。

刘邦定都长安后，很少待在都城，直到汉十二年（前195）去世，大部分时间和精力用于“边疆维稳”和“剿匪平叛”。北方匈奴是终汉一朝的最大外患，始终没有解决好，汉武帝时期是处理最好的，但也是时有反复，究其原因，是刘邦开了个坏头。汉七年（前200）十月，刘邦不听劝阻，率大军从楼烦（今山西宁武）北伐，遭遇极寒天气，近二三成的士兵冻掉手脚指头。“至楼烦，会大寒，卒之堕指者十二三。”大军被围困七天，情境危急，命悬一线。最后用一个下三滥的办法才得以脱困。他派人私下送重金给匈奴单于的王后，并附一批美女图，告诉王后：汉皇帝被围困，准备献一批美女给单于。王后担心失宠，说服单于放刘邦一条生路。劝阻刘邦北伐的是刘敬（娄敬），刘邦很恼火，不但不听，还撤了他的职。刘邦从楼烦侥幸脱困后，刘敬官复原职，并给刘邦上谏了缓解北方危机的“和亲政策”，并担任首位“和亲大使”。汉代的“和亲政策”是从汉七年开始的，以后成了惯例，匈奴新单于即位后，汉朝廷选一位皇室女子下嫁单于做“阏氏”，用今天的话说，叫用美女换和平。

中国各朝代，解决“边疆危机”最成功的是清朝，南收台湾，西定青藏、新疆。清朝是满蒙联合执政，一些妃后为蒙古族（大部分皇后是满族）。满蒙自身是北方民族，但这只是外在原因，内因是攘外的政策得体。而汉代的“和亲政策”，从实质上说，是大国的屈辱。

经济膨胀的背后与身后

——关于吴王刘濞

藩国，是汉代的自治区。

公元前 202 年，刘邦封了七个异姓王（南越王赵佗、闽越王无诸不在序内），九个同姓王，各有属国。这些王国有独立的经济权、民政权，还有一定的军事权。异姓王很快被废，刘邦晚年说过一句话，“非刘氏而王，天下共击之”。刘邦铲除异姓王，不是天下为公，是为一己私念。同姓诸王国随着社会的发展，势力渐而坐大，到文帝、景帝时期，已经对中央政府构成威胁。吴国是典型的独立王国，到七国之乱时，吴王刘濞已连续二十多年“称病”，不进京述职朝奉了。

吴国的经济实力雄厚，按今天 GDP 计算的话，人均比例在全国遥遥领先，藩国内实行全民免税，“百姓无赋”。西汉前期，北方匈奴经常犯扰边境，国家的戍边压力很大。朝廷规定，国内二十三岁至五十六岁男子，每人每年有三天的义务兵役期。只有吴国出钱不出人，按市场价外买雇佣士兵。

“卒践更，辄与平贾。”其他郡国犯了罪的人，跑到吴国避罪，吴国有法令给予保护。这是刘濞吸引人才的一种手段，堪比水泊梁山聚英才的模式。

吴国的经济来源主要是铜和盐，是当年的“资源大省”。盐是民用物资，广销江淮多地。铜是铸货币的原材料，本该是国控物资，却被吴国占据着。汉代初年因陋就简，多种制度因袭秦朝，“汉袭秦制”，其中之一就是货币。汉代建国后，沿袭使用秦朝的“半两”钱（因币面有“半两”二字得名），币重十二铢（一两二十四铢），吕后时期，因铜资源紧俏，缩水为八铢，汉文帝时缩水为四铢，但币面仍铸印“半两”二字。到汉武帝元狩五年（前118）才废止“半两”钱，由中央政府统一发行五铢钱，“罢半两，行五铢钱”（《汉书·武帝纪》），严禁民间私铸。在此之前，是允许民间私铸的。汉武帝之前的货币，没有统一制式，轻重不一，薄厚不等，有的甚至只有榆钱大小，被讥为“榆荚半两”。吴国大量盗铸钱币，辖区内的豫章郡（郡治在南昌）有铜矿，“招致天下亡命者盗铸钱”（《汉书·荆燕吴传》），采矿、冶炼、铸币一条龙生产。吴国的财富，用盐挣来一部分，更多的是自己盗铸钱“生产”出来的。“七国之乱”时，刘濞给其他六国的“诏书”中，有这么土豪的奖励条款：“能斩捕大将（大将军）者，赐金五千斤，封万户。列将（将军），三千斤，封五千户；裨将（副将），二千斤，封二千户；二千石（郡守级官职），千斤，封千户……寡人金钱，在天下者往往而有，非必取于吴，诸王日夜用之不能尽。有当赐者告寡人，寡人且往遗（送）之。”（《汉书·荆燕吴传》）

刘濞是汉高祖刘邦哥哥刘仲的儿子，刘仲在公元前201年被封为代王（辖山西、河北北部），匈奴入侵，刘仲弃城而逃，公元前199年降为郃阳侯（陕西合阳）。公元前196年，刘濞二十岁时被封为吴王。从二十岁封王，到六十二岁起兵谋反，主掌吴地四十二年。刘濞反汉，还有一个起因。汉文帝时，他的儿子吴太子进京入宫，与皇太子（汉景帝刘启）玩耍时，因不恭被皇太子失手打死，刘濞自此称病不朝。

刘邦封刘濞为吴王之前，没有见过这位侄子，受封召见时，见其面相有异秉，但悔之已晚，就拍着他的背说：“五十年后东南有人谋反，不会是你吧？”

冒顿单于与吕后的一次互通国书

冒顿是匈奴划时代的领袖，一生充满传奇，是大单于，但也粗劣僭越至极。

公元前 209 年，冒顿弑父王头曼，自立单于。这次政变不是阴谋，而是公开的。在一次狩猎中，冒顿把一支响箭射向父亲，他的麾下立即众箭齐发，老单于现场殒命。冒顿多年来就是这么操练手下的，响箭是信号弹，是超级号令，也是狗眼里的骨头，扔向哪里狗群扑向哪里。

这一年，南中国相对应的是秦二世元年，但三年后，大秦帝国轰然崩塌。偌大的秦朝只存世十五年，从公元前 221 年到公元前 206 年。如此短命的朝代，后世执国者当引以为大的训诫。与此同时，冒顿的帝国在北方迅速崛起，先是统一匈奴数十个部落，然后疯狂扩张，不到十年，一统辽阔的草原和戈壁，东到辽东，西到帕米尔，北抵贝加尔湖，南踞秦长城门户。公元前 200 年，即汉七年，冒顿与汉高祖刘邦亲自挂帅的汉军在大同一带首度交手，三十余万匈奴骑兵把三十二万汉军包围。刘邦依靠给冒顿的王后秘密送厚礼，才买出一条逃生路。此后，戍边的汉将纷纷倒戈率众降北，已经危及大厦初起的汉朝。刘邦于无奈之中，用美女换和平，官方术语叫“和亲”，送“翁主”给冒顿做“阏氏”（夫人），每年还要奉送大量财物，以换取边疆苟安。皇帝的女儿叫公主，诸侯的女儿叫翁主。原本是要送公主的，但刘邦只有一个女儿，在吕后的软缠硬磨下才临行换人。“于是高祖患之，乃使刘敬奉宗室翁主为单于阏氏，岁奉匈奴絮增酒食物各有数，约为兄弟以和亲。”（《汉书·匈奴传》）

汉十二年（前 195），刘邦去世，冒顿派使者给吕后送来国书，但不是吊唁，而是上门提亲，语气也极其粗鲁傲慢，说你是一个人，我也一个人，我想在中原多走走，咱俩凑合起来过日子吧。“孤偾（仆）之君，生于沮泽之中，长于平野牛马之城，数至边境，愿游中国。陛下独立，孤偾独居，两主不乐，无一自虞，愿以所有，易其所无。”

吕后有王者风范，忍下了此等巨大羞辱，且依国家礼仪回奉国书：“单于不忘弊邑，赐之以书，弊邑恐惧。退日自图，年老气衰，发齿堕落，行步失度，单于过听，不足以自污。弊邑无罪，宜在见赦。窃有御车二乘，马二驷，以奉常驾。”其中“退日自图”这句话是对提亲一事的答复，但软中见硬，柔里用钢，“我照着镜子端详了自己，年老气衰，发齿脱落，走路都打晃，单于您误听他人言了，不要亏了自己”。单于看了回书，立即再派来使者认错，“未尝闻中国礼仪，陛下幸而赦之”。这是礼仪的力量，国力疲弱的时候，用礼仪也能抵挡一下。

但认错归认错，此后经年，匈奴在边境滋事不断，掠妇女，抢钱粮，杀边吏。汉朝廷的回应多以修书“严正抗议”为主，抗议国书的抬头是这样的，“皇帝敬问匈奴大单于无恙”。冒顿回复的抬头则是这样，“天所立匈奴大单于敬问皇帝无恙”。冒顿去世后，他的儿子即位，为老上单于，国书的抬头写成这样，“天地所生日月所置匈奴大单于敬问汉皇帝无恙”。更有甚者，汉朝廷的国书函匣规格是一尺一，“以尺一牍”，匈奴的函匣是一尺二，“以尺二寸牍”，处处压过汉朝廷一头。

汉文帝刘恒时期，边境冲突最为频仍，尽管有“和亲”、“通关市”（边境贸易）、“给遗单于”（大量奉送财物）三项政策，但匈奴大军不时入境侵扰，最多时达十四万军队侵境，“岁（每年）入边，杀略人民甚众”。侵扰地点几乎覆盖北方边境，东部在“辽东，云中（内蒙古南）”，中部在“句注（山西雁门），飞孤口（张家口蔚具）”，西部在“北地、朝那萧关”（陕甘宁沿线）”。汉朝当时已进入全民备战模式，“烽火通甘泉（咸阳淳化），长安”。汉景帝刘启即位后，因为匈奴内部不团结，“终景帝世，时时小入盗边，无大寇”。一直到汉武帝刘彻执国后，国家综合实力强大起来，中华再兴，这种大国屈辱的局面才得到彻底改善。

国力疲弱的时候，用礼仪也能抵挡一下。

汉武帝树立的两位国家楷模

两位国家楷模一位叫公孙弘，朴素廉洁的国家公务员形象，官至丞相。一位叫卜式，爱国商人，纳税大户，后从政，官至御史大夫，赐爵关内侯。后因给武帝提意见，贬为太子太傅。卜式从政，但未弃商，家族产业仍持续。武帝时期的乱象之一是允许官员经商，且捐钱粮即可补官。有趣的是，这两位楷模之间的关系并不融洽，彼此不太待见。

卜式是河南人，养羊大户，规模化养殖，“羊致千余头”。这个数字今天看没有什么，但在汉武帝时期是庞大的，当时的国家人口也才四千万左右，生产力水平不高，养殖业属“高新产业”。

汉武帝北征匈奴，南降夷越，打仗需要钱，但国库空虚，卜式先后捐了三次钱。第一次北征匈奴，“愿输家财半助边”。第二次是因匈奴“浑邪王率数万之众来降”，“既至，受赏，赐及有功之士，是岁费凡百余巨万”。几万降众既要赏，还要安置，但“仓府空”，国家拿不出钱来，卜式“复持钱二十万与河南太守，以给徙民”。第三次是南越谋反，卜式上书，愿父子与家人携家财上战场，“以尽臣节”。

卜式放羊起家，走上仕途，也是由放羊开始。第二次捐钱后，被武帝召至上林苑为政府养羊。一年后，羊肥，数量大增，武帝很满意，一天君臣闲聊，卜式说：“放羊和治理民众是一个道理，按羊的习性喂养，再把欺男霸女的羊除去，羊群就和谐了。”武帝认为卜式有管理才能，卜式由此转赴仕途，之后不断被破格提拔，官至御史大夫。卜式的经历像一段传奇，他带来了中国政治史上的一个重要转变，纵然重农轻商的根基仍然牢固，但商界出身的人不再受政治歧视了，再之后，官与商之间的界限也模棱两可了。

卜式后来被贬则是因为上书给武帝，讲商人的营业税（算缗）不合理，也太重。当年的工商税是百分之六，收入两千元，上缴一百二十元。

公孙弘大器晚成。生在齐国，小时候家境贫寒，给一大户养猪。四十岁后发奋读书，成为治《春秋公羊传》的行家。六十岁时，以“贤良文学”人才进入宫廷，最初不受器重。七十岁时，因策奏选为第一，拜为博士，后担任丞相，封平津侯。公孙弘为官俭朴，任丞相后，“布被，食不重肉”，盖布被子，一顿饭不超过两个肉菜。公孙弘的政绩在两个层面，一是提倡文明执法，官吏须以仁义礼仪为执法基础，“邪令”会导致“令倦”和“政弊”，履行国家公务的人要“知耻”，政令执行不好，会使益法变为恶法。二是把儒学纳入国家教育和官员选拔机制。董仲舒是“罢黜百家，独尊儒术”的理论发明人，公孙弘是这项政策的实施人。

公孙弘和卜式都不太受时人好评，卜式尤为突出。汉武帝颁诏给他褒奖，国人很不以为然，“布告天下，天下莫应”。卜式第一次捐一半羊产的时候，武帝派人问他：“想当官吗？”“我放羊出身，当不了官。”“家有冤屈的事吗？”“没有。”“为什么捐巨资呢？”“天子征匈奴，贤人死节，富人出钱，这样匈奴可灭。”武帝把这些话转述给丞相公孙弘。公孙弘力阻重用卜式，说“此非人情”，言下之意是沽名钓誉。公孙弘政名的另一面也是被讥为沽名钓誉。身为丞相，布被、食不重肉是做表面文章。还有一句史评，“弘为人意忌，外宽内深。诸尝与弘有却（隙）者，虽详（佯）与善，阴报其祸”（《史记·平津侯主父列传》）。公孙弘对得罪自己的人，表面上和善，但下脚踹是不留情的。

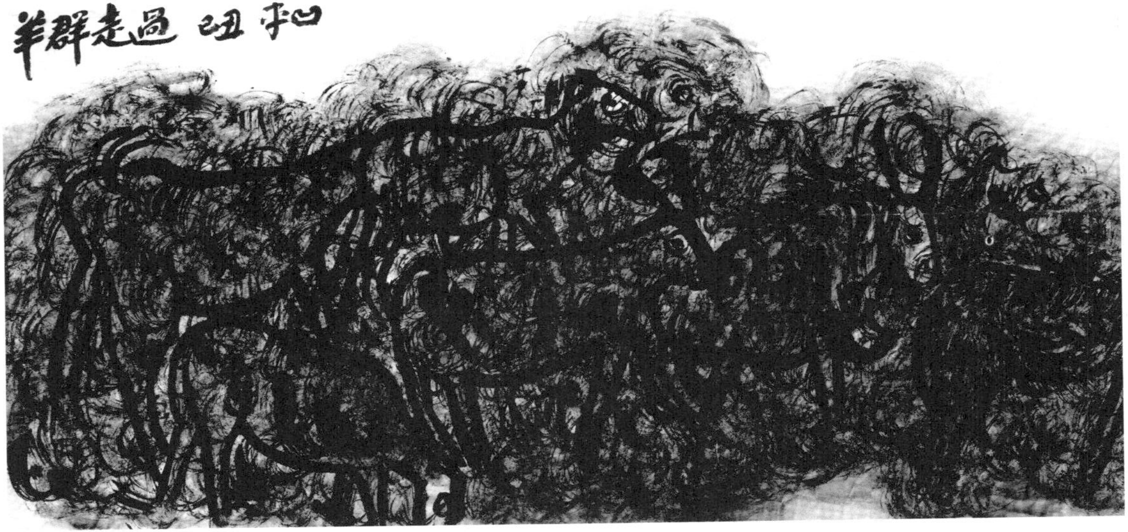

卜式的经历带来了中国政治史上的一个重要转变，

纵然重农轻商的根基依然牢固，但商界出身的人不再受政治歧视了。

董仲舒说冰雹

汉元光元年（前 133）七月，长安城里下了场冰雹，一个叫鲍敞的人去请教董仲舒。董老是当年的学术带头人，史书里记载，汉武帝有疑难问题就会派专人去求教。这位鲍敞，可能是一位使者。

鲍敞问，冰雹是什么东西？是什么气生成的？“雹何物也，何气而生之。”

董仲舒答：冰雹是阴气胁迫阳气形成的。天地间的气，阴阳各占一半，二者和合，轮回运行。四月（农历）是正阳之月，阳气主导。十月（农历）是正阴之月，阴气主导。二月和八月（农历），阴阳二气势均力敌，相互激荡，“运动抑扬，更相动薄”。风雨云雾雷电雪雹就这样产生了。气向上升腾为雨，向下笼罩为雾。风是呼出的气，云是气雾。雷是阴阳二气相搏发生的声音，电是相互撞击闪烁的火光。阴阳二气开始蒸腾的时候，若有若无，若实若虚，若方若圆。二气凝结，攒聚相合，达到一定重量，就形成雨降落下来。寒冷的月份，雨滴初凝的时候，还轻还小，被风吹袭，飘散为雪。冰雹是雪珠一类的东西，阴气突兀上升，才会形成雹灾。如果太平盛世，刮风不会使树枝噼啪乱响，使种子开壳植物萌芽而已；下雨不会击破土壤，滋润植物的叶和茎而已；雷声不惊怵恐怖，发号令使人启发而已；闪电不刺眼，宣示光耀而已；雾不妨碍远望，使大地沉浸在水气里而已；雪不压迫树枝，消灭毒物害虫而已；云呈五彩祥瑞；露珠味甘，滋润肥沃土地。这是因为圣人治理国家，阴阳和谐相合。如果政治腐败，阴阳失和，风破房屋，暴雨冲破河湖泛滥成灾，大雪塞堵牛眼，闪电冰雹砸死驴马。此为阴阳二气相互激荡带来的不祥妖气。

“阴气胁阳气。天地之气，阴阳相半，和气周回，朝夕不息。……日夜滋生，遂至四月，纯阳用事。……日夜滋生，遂至十月，纯阴用事。二月八月，阴阳正等，无多少也。以此推移，无有差慝。运动抑扬，更相动薄，则熏蒿歊蒸，而风雨云雾雷电雪雹生焉。气上薄为雨，下薄为雾。风其噫也，云其气也，雷其相击之声也，电其相击之光也。二气之初蒸也，若有若无，若实若虚，若方若圆。攒聚相合，其体稍重，故雨乘虚而坠。……其寒月则雨凝于上，体尚轻微，而因风相袭，故成雪焉。寒有高下，上暖下寒，则上合为大雨，下凝为冰霰雪是也。雹，霰之流也，阴气暴上，雨则凝结成雹焉。

太平之世，则风不鸣条，开甲散萌而已；雨不破块，润叶津茎而已；雷不惊人，号令启发而已；电不眩目，宣示光耀而已；雾不塞望，浸淫被泊而已；雪不封条，凌殄毒害而已。云则五色而为庆，三色而成矞；露则结味而成甘，结润而成膏。此圣人之在上，则阴阳和，气雨时也。政多纰缪，则阴阳不调。风发屋，雨溢河，雪至牛目，雹杀驴马，此皆阴阳相荡，而为祲沴之妖也。”（《西京杂记》）

董仲舒“天人感应”学说的闪亮之处，是对皇帝的制约。在这次冰雹答问的前两年，汉武帝建元六年（前135），董仲舒险些丧命。那一年二月和四月，辽东高庙，长陵（汉高祖刘邦墓）高园殿发生两起火灾，“六年春二月乙未，辽东高庙灾。夏四月壬子，高园便殿火。上（武帝）素服五日”。（《汉书·武帝纪》）董仲舒认为这是劝谏武帝的良机，以天降灾异，是国家政策出了问题为核心内容，写了一个奏章，还没呈上去，他一个叫主父偃的学生到家里做客，偷走奏章，呈报给武帝。武帝看后对董大怒，下令斩首，怒火平息后，又以国家高端人才下诏免死。自此后，董仲舒在河北衡水老家，开始了学术研究生涯。但武帝有重大问题，仍派专人不远千里去征求意见。“仲舒在家，朝廷如有大议，使使者及廷尉张汤就其家而问之，其对皆有明法。”（《汉书·董仲舒传》）主父偃这个人，一生以打小报告为职业，老师、朋友、亲戚也不放过。

因小报告升官，最后也死在小报告上。

汉武帝接受董仲舒也有个过程，有人谏言：“浩大的汉朝不应畏惧董仲舒的言论，不仅不畏惧，还应多多听取，以彰显天子的胸襟和威严。”汉武帝做到了，做得还不错。

一桩宫廷命案

公元前71年是汉宣帝即位第三年，霍光的妻子霍显买通宫廷女医官淳于衍，毒死许皇后。第二年，霍光的小女儿霍成君被立为皇后。霍光时任大司马、大将军、领尚书事，是当时的国家二号人物。

西汉十一位皇帝，有五位无后嗣，分别是惠帝刘盈、昭帝刘弗陵、成帝刘骜、哀帝刘欣、平帝刘衎。在嫔妃如织如梭的后宫，却不见一个子嗣，犹如瀑布断流，还高达十一分之五的比例，放在世界政治史里也是少有的吧？无后嗣的皇帝驾崩后，需要在皇室支嗣中海选继位者，三公和九卿均有推举权，但决策人物只有两位，主要是太后，还有秉持时政的重臣。汉代的皇后被废是经常发生的事情，但皇后一旦熬成太后，权力就了不得了，可收掌皇帝玺绶，对选择新皇帝有决定性的影响。外戚揽权，是汉代政治脸谱上的一个大痦子，显眼也扎眼。

太后干预国政由吕后开始。刘邦去世后，刘盈即位，但基本上是个摆设，十六岁登基，二十三岁崩，在位七年，一切都是妈妈说了算。司马迁著《史记》，体例上甚至不设《孝惠本纪》，而是《吕太后本纪》。在司马迁眼里，刘盈就不算个皇帝。刘盈二十岁那一年，吕后为确保对权力的掌控，立外孙女张嫣为皇后，张嫣是鲁元公主的女儿，是刘盈的亲外甥女，张嫣封后时十二岁，十五岁守寡，无后嗣。

昭帝刘弗陵是武帝刘彻最小的儿子，霍光受武帝托孤遗命，辅佐幼主。刘弗陵八岁即位，十一岁时立霍光的外孙女上官氏为皇后，上官皇后时年六岁。汉昭帝在位十三年，二十一岁崩。上官皇后十五岁守寡，无后嗣，却成了中国历史上最年轻的太皇太后。但这个太皇太后，比新任皇后的辈分低，在家里要叫姨，汉代后宫的这个乱哪。

成帝刘骜和哀帝刘欣均是十九岁即帝位，刘骜在位二十五年，四十四岁时崩；刘欣在位七年，二十五岁崩。两位皇帝哥哥都是双性恋男神，是公开模式的，朝野尽知。刘骜的男宠叫张放，出双入对形影不离，太后实在看不下去了，下旨流放外地，刘骜仍是“玉玺书问不绝”，后来有赵飞燕赵合德姐妹花出现，乾坤才得以回转，张放则在异地忧思而死。刘欣的男宠叫董贤，小帅哥一个。俩人也是双宿双飞的。有一次哥俩合寝，刘欣先醒来起身，但被董贤的身子压住衣袖，不忍叫醒，便用剑割断衣袖，此即“断袖”一典的源头。

刘骜和刘欣是汉代第九帝和第十帝，均无后嗣。当时的汉王朝已呈大厦将倾的颓相，国家将亡，皇帝有无后嗣已属无所谓了。

汉平帝刘衎九岁即位，十四岁崩。刘衎在位时，国家政权事实上已经不姓刘了，由王莽把持着，刘衎只算个门面而已。

霍光是霍去病同父异母的弟弟，是武帝第二任皇后卫子夫的外甥。武帝六十六岁那年，命画工给霍光画了一幅“周公负成王朝诸侯图”，以周公佑护周成王的寓意，拜托霍光辅佐幼主。四年后，八岁的刘弗陵即位，霍光不辱使命，以“大将军领尚书事”相国，秉政勤恳，老成谋国。霍光有个大家庭，生了七女一男，外孙女上官氏六岁时被封为汉昭帝皇后，宣帝即位后，小女儿霍成君又被封后，但此举也为后来霍家被满门抄斩埋下了孽因。

汉宣帝自幼生长在民间，因昭帝无后嗣，通过海选入宫为帝。在民间娶许氏为妻，并育有一子（即汉元帝刘奭），继大位后，许氏被封为皇后。霍光的妻子霍显买通宫内的医官淳于衍毒死许皇后。为酬谢淳于衍，霍显专门建了一个小型丝绸厂，引进最新式机械和最新工艺，请名师织造丝绸，同时赠金钱，送宅院和奴婢。但淳于衍仍不满足，和人抱怨说：“我给霍家办了这么大事，就得到这点回报。”这个细节记载在《西京杂记》中。“霍光妻遗淳于衍。蒲桃（葡萄，葡萄是西汉时才从西域引进，葡萄花纹是新工艺图案）锦二十四匹，散花绫二十五匹。绫出巨鹿（今邢台）陈宝光家。宝光妻传其法，霍显召入其第，使作之。机用一百二十镊，六十日成一匹，匹直万钱。又与走珠一琲（珠十贯为一琲），绿绫百端，钱百万，黄金百两。为起第宅，奴婢不可胜数。衍犹怨，曰吾为尔成何功而报我若是哉。”

恶有恶报，事情很快败露了，前后只有短短的五年时间。公元前 71 年，许皇后被毒身亡，第二年霍成君封后。两年后，公元前 68 年，霍光去世。再一年，公元前 67 年，汉宣帝立太子刘奭。皇后（霍成君）与母亲霍显再施毒计，阴谋毒死太子，却被太子的侍女发现。此时霍光已去世，保护伞没有了，水落石出，许皇后的冤死也随之昭雪。霍光家族，连同霍去病的后辈，数十个大家庭满门被斩。

大人物恃权力作孽，迟早会遭报应的。

外戚揽权，是汉代政治脸谱上的一个大痦子。

汉代大司农的职务侵占

汉代的大司农位列九卿，主管国家财政、田租、赋税。九卿与三公（丞相、太尉、御史大夫）共理国政。三公相当于政治局常委，九卿相当于政治局委员。

九卿分别是：太常“掌宗庙礼仪”，掌管国家祭祀、礼仪，兼管“选试博士”（教育）。光禄勋“掌宫殿掖门户”，是皇家的大门房，总领宫内事务。卫尉“掌宫门卫屯兵”，是卫戍区首领。太仆“掌舆马”，兼皇帝车队队长。廷尉“掌辟刑”，执掌国法之外的皇法。大鸿胪“掌诸归义蛮夷”，诸王晋拜、列侯受封，及外国使节贡献。宗正“掌亲属”，打理皇族事务。大司农“掌谷货”，“司农领天下钱谷，以供国之常用”。少府是皇帝的小金库，“掌山海池泽之税，以给共养”，田税、赋税归属国家，山林湖泽的物产税收归皇室。

田延年是汉昭帝和汉宣帝两朝大司农。

在汉昭帝刘弗陵与汉宣帝刘询之间，还有一个准皇帝，是昌邑王刘贺，在位仅二十一天，不足满月，在“试用期”期间即被废黜。

汉昭帝是暴崩，储君未嗣，大将军霍光总理朝纲，仓促间拥立昌邑王，但这位新君过于不争气，居丧期间沉溺淫行，干了不少荒唐事。但霍光再行废黜新君是经过思量的，大臣拥立皇帝，言立则立，言废则废，臣威侵主，是犯朝野忌讳的。于是霍光找来大司农田延年商议，田延年是他的门人故吏，有知遇之恩，也是他一手提拔起来的放心干部，由长史，到河东郡太守，再到大司农。田延年领会了霍光的用心，在朝廷百官议废时指责霍光，说：“当年武帝把幼主昭帝托付于您，是寄厚望于您的忠贤能使汉家帝业安泰，如今昭帝大行，新君又是这样的不孝，昌邑王不废，您死后有何面目见先帝？”之后“延年按剑，廷叱群臣”，“今日之议，不得旋踵，群臣后应者，臣请剑斩之”。昌邑王被废后，宣帝刘询即位，田延年以“决疑定策”之功受封阳成侯。

田延年东窗事发起于一宗奸商“囤积居奇”案。焦氏和贾氏是当时的两大商业集团，大量囤积“炭苇”等丧葬物资，当年是土葬，炭和苇草是墓穴必需品。这些东西被囤积后导致市场紧缺，物价飞涨。焦氏和贾氏的运气不好，正赶上昭帝暴崩，田延年上书，“商贾或豫收方上不祥之器物，冀以疾用，欲以求利，非臣民所为。请没入县官。”“方上”在汉代专指皇帝陵区，还有一个词“方中”，指天子预修的墓穴。“没入县官”是充公没收。焦氏贾氏因亏损“数千万”而破产，为出怨气，他们向朝廷实名举报田延年的一桩“职务侵占”行为。昭帝大行后，“平陵”土建工程紧急上马，“方上事暴起”。其中有一项，租用三万辆牛车拉运沙子，每辆车租金一千钱，田延年主管此事，把租金虚增一千钱，利用职权把三千万据为己有。“车直（值）千钱，延年上薄（列入计划）诈增僦直车二千，凡六千万，盗取其半。”霍光知道此事后，找来田延年询问虚实，并且暗示，如有其事，我会让你过关的。田延年说，我出身大将军门下，确无此事。霍光下令追查到底，罪证落实后，霍光仍让御史大夫捎话给田延年可以从宽处理，御史大夫是三公之一，相当于现在的国家纪检委一把手。田延年谢绝荫护，把自己关在家中数天，“使者召延年诣廷尉，闻鼓声，自刎死，国除”。办案人员到后，田延年听到“警笛”声，以刀自刎。“国除”，指废除阳成侯爵位。从这件事的结局看，田延年也是条汉子，不牵涉有恩于自己的人。

田延年被《汉书》定性为酷吏，在河东（今山西运城临汾带）太守任上，以暴刀执政闻名，霹雳手段多，“诛锄豪强，奸邪不敢发”，班固记载的十余位酷吏，善终的不多。

汉文帝的一场隐私梦

汉文帝刘恒是大臣选举出来的皇帝。

汉十一年（前 196），刘恒被封为代王，时年八岁。代国的辖区在晋、冀、蒙交合地带，南抵太原，北接匈奴。汉十二年刘邦去世，汉惠帝刘盈即位，在位七年。刘盈平庸无为，不仅没有政绩，连后嗣也没有。之后是吕后“居上位”八年，公元前 180 年，吕后殁，由大臣公议，推举出偏安一隅的刘恒做国家元首。

刘恒的生母薄姬，地位并不高，最初是刘邦一位部下的妾，这位部下叫魏豹，先是随刘邦打项羽，后投奔项羽，被刘邦剿灭。有一天，刘邦去女战俘的工坊（输织室）闲走，见到薄姬，一高兴，就收编入帐下了。但薄姬并不受宠，生下皇子刘恒后，一年之中难得见到龙颜。正因为如此，刘邦驾崩后，才被硬心肠的吕后放过一马，特准薄姬出宫，随儿子刘恒居住在代国。刘恒很爱妈妈，做皇帝之后更加殷切，中国的“二十四孝”里，排在第二位的“亲尝汤药”，说的就是汉文帝的孝心。刘恒早母亲两年去世，但立有遗诏，诏令薄太后百年后不入长陵（刘邦陵，长安城北，今咸阳市内），从葬南陵（即霸陵，刘恒陵，长安城南，今西安白鹿原上）。

刘恒以宽民俭政著称，在位二十三年，“宫室苑囿车骑服御无所增益”。刘恒的陵墓，是西汉十一位皇帝中最简约的，为避免大兴土木，因山建陵，“治霸陵，皆瓦器，不得以金、银、铜、锡为饰，因其山，不起坟”。（《汉书·文帝纪》）公元前157年，文帝驾崩，在遗诏中对国丧礼仪做了硬性规定，其从简程度是破例的。“当今之世，咸嘉生而恶死，厚葬以破业，重服以伤生，吾甚不取……其令天下吏民，令到出临三日，皆释服。无禁取（娶）妇嫁女祠祀饮酒食肉，（绖）带无过三寸，无布车及兵器，无发民哭临宫殿中（三天后停止一切丧仪。此间，不得禁止民间婚嫁，不得禁止祭祀时用酒肉，孝带不过三寸，不允许用布帛覆盖灵车，包裹兵器，不允许征召百姓到殿中哭灵）。”

再选取刘恒执政的五个宽民细节：

即位第二年（前178）五月，废除吕后颁布的“因言获罪”令，“今法有诽谤妖言之罪，是使众臣不敢尽情，而上（皇帝）无由闻过失也。将何以来远方之贤良？其除之。”

同年十一月，发生日蚀，“日有食之”，颁“罪己诏”。中国古人认为，发生地震、旱涝灾害及日蚀等，是人间有逆天行为，因而天降灾难。汉文帝是汉代皇帝中第一位颁“罪己诏”的，“人主（皇帝）不德，布政不均，则天示之灾以戒不治……举贤良方正直言极谏者，以匡朕之不逮……其罢卫将军（宫廷卫队长官）服，太仆（九卿之一，掌管皇帝车行之职官）见马遗财足，余皆以给传置（驿站）。”后边的两条是针对皇帝本人的，大幅度缩编宫廷卫队，太仆核准马匹车辆额度，超出部分划拨驿站使用。

即位十二年二月，遣散汉惠帝后宫嫔妃宫人，准许出嫁。“出孝惠皇帝后宫美人，令得嫁”。

同年三月，农业税减半，“其赐农民今年租税减半”。

即位十三年六月，诏令全国免除农业税，这项免税政策实行了十一年，直到文帝驾崩为止。“诏曰：农，天下之本，务莫大焉。今勤身从事而有租税之赋，是谓本末者无以异也，其于劝农之道未备。其除田之租税。赐天下孤寡布帛絮各有数。”

汉文帝也有隐私，一天中午，他做了一个梦，梦中的自己要上天却飞不起来，焦急之间，一个黄头郎（汉代掌管船渡的基层吏员）从后边猛推了一把，于是飘然飞起。他在半空中寻找这个出手相助的黄头郎，见到的是个背影，能看清楚的是后腰中间挽了个布带结。“有一黄头郎推上天，顾见其衣尻带后穿。”（《汉书·佞幸传》）梦醒后，他带人到长安城外的灞水渡口，察得后腰挽着结的黄头郎只有一位，叫邓通，蜀郡人（四川），木讷，话语不多，老实本分，甚至还有些呆头呆脑。汉文帝极喜欢，找宫廷术师给他相面，术师说邓通“当贫饿死”。汉文帝说：“我是皇帝呀，我要让他富贵。”于是提拔邓通“官至上大夫”，还赐给邓通蜀郡的一座铜矿，特准他可以私铸钱。文帝之后，景帝即位，有人告发邓通向境外走私铜钱，“人有告通盗出徼外铸钱”。案件查实后，抄没邓通全部家产，最终“竟不得名一钱，寄死人家”。

汉文帝一生谨言慎行，在邓通身上，虽任性了一回，但留下了污点。

打了一百五十年的翻身仗

这是一场保家卫国之战。

公元前200年，刘邦与匈奴单于冒顿在山西大同一带高峰对决，三十二万汉军对垒三十余万匈奴骑兵。此战之前，刘邦有一个严重疏失，对北方冬天的寒冷缺乏准备，汉家军近二三成的士兵被冻掉脚趾和手指，“卒之堕指者十二三”（《汉书·匈奴传》）。冒顿单于成功实施“诱敌深入”和“擒贼先擒王”战术，把刘邦死死围困在大同的白登山整整七天。刘邦派人私下向冒顿王妃（阏氏）重金行贿，得以侥幸生还。

冒顿和刘邦是同时代的英雄，但粗鄙不羁至极。公元前209年，冒顿弑杀父王，自立为单于。“冒顿杀父代立，妻群母（以父王群妃为妻），以力为威。”（《汉书·郦陆朱刘叔孙传》）这一年他二十六岁，此后横刀立马，兼并整饬匈奴数十个部落，再之后疯狂扩张，东进辽东东胡，西到帕米尔，北抵贝加尔湖，南踞长城脚下、黄河岸边，一统辽阔的草原和戈壁，不到十年时间，一个彪悍的匈奴帝国强势崛起。公元前200年，与汉朝军队对战的时候，冒顿三十五岁，刘邦五十八岁。

这一年是汉七年。事实上，刘邦是在汉五年春天称帝，六月定都长安，十二月灭项羽，当时统一中国不足两年的时间。这一时期，北部边疆不断告急，边关多处吃紧，匈奴在边境沿线掳人口，抢财物，杀官吏。在此之前一年，为强化边防，刘邦封异姓诸侯韩王信为代王，重兵驻守山西北部，驻地在马邑（山西朔州），但不久，韩王信在重压之下投降匈奴。“徙韩王信于代，都马邑。匈奴大攻围马邑，韩信降匈奴。”匈奴顺势大举南下，破雁门关之后，又连下太原、晋阳。刘邦是在这样的危机之下挂帅出兵的，这一仗是实实在在的保家卫国之战。

但这一仗打输了，不仅军事上输了，国家的体面也随之扫地，自此开启了中原大国向塞外强权屈尊纳贡的先河。汉朝每年向匈奴呈送金银财物之外，还需“和亲”。汉代对匈奴的和亲，止于汉武帝，史载共有八次，仅对冒顿单于就有三次。公元前200年，汉高祖首次和亲，第二次是汉惠帝刘盈（前192），第三次是汉文帝刘恒（前176）。三位皇帝每人给冒顿单于送去一个姑娘。被和亲的姑娘都是有身份的，是翁主（诸侯的女儿）。

贾谊是汉文帝时的博士，即皇帝的文化顾问。他上书奏说：今天的形势好比人之倒悬，脚在上，头在下，脚在指挥脑袋。匈奴对汉天子发号施令，掌控着皇帝的权柄。汉天子向匈奴进贡，行臣子礼数，但没有人能扭转这样的势态，是我们国家缺乏人才呀。

这样的“倒悬”之势是从汉武帝开始改变的。汉武帝刘彻在公元前140年即位，第二年起即启动了“丝绸之路”计划。“丝绸之路”最初是军事之路，派张骞去联合西域的国家，共同抵抗匈奴。汉武帝雄才大略，兴军事，强贸易，振奋国力。从即位起，终止与匈奴、乌孙国和亲（与邻近匈奴的乌孙国两次和亲，乌孙国，疆域包括今天新疆西北、哈萨克斯坦东南，以及吉尔吉斯斯坦东部和中部），在与西域多个国家的往来中，引进了“良马利刃”，综合实力大增，汉武帝在位五十四年，彻底扭转了国家的“倒悬”，汉朝国富民强。公元前87年，汉武帝去世。又三十多年之后，公元前51年，汉宣帝甘露三年，呼韩邪单于第一次以臣子的身份朝觐汉天子。从公元前200年刘邦兵败于匈奴，到公元前51年匈奴向汉称臣，是艰辛漫长的一百五十年。

外

写平凹

朴素是天真，是本分。

小礼物

爱的实质，是对自己的制约。

爱这个，爱那个，爱东，爱西，不爱红装爱武装，是一种选项，是排他。爱科学，爱艺术，是给自己预定了一个方向，也是规划了一条道路。博爱不是贪，是对自己多加约束，要更多地担当责任和义务。要特别留心爱自由那句话，自由不是放纵，自由的上限是不由自己，公众的利害要放在首位。狗见了骨头控制不住嘴里的涎水是狗的短处，狐狸过于爱惜自己的皮毛是狐狸悲剧宿命的源头。当了官爱钱是正当的，不爱钱，没有经济头脑怎么给百姓谋福利，但把钱过多地装自己兜里就不妥了。

朴是未履刀斧的原木，是树。树做了家具朴就被肢解了，仿旧家具是更深一层的华丽。素是本色，是游人没有动过手脚的山泉水。素面朝天不是一张脏脸，而是放弃了乔装打扮，唯大英雄能本色。朴素是天真，是本分。老词里是这么概括朴素的，“无刀斧之断者谓之朴”，“敦兮其若朴”，“静而圣，动而王，无为也而尊，朴素而天下莫能与之争美”。

朴素是放松的，爱是苛刻的，这两种东西又都是大的，大到什么程度呢？“惚兮恍兮，其中有象；恍兮惚兮，其中有物。”这个恍惚不是捉摸不定，是心地光明，是飘然自在，但更是踏实，如果缺少了踏实，朴素和爱就容易走形。

说一件平凹主编的琐事。

多年前，我随平凹主编去北京大学讲课，他的话题是中国文学要多包容中国传统元素。这样的题目当年很少有作家讲，大家都使劲说开放呢。他讲课的屋子能容纳五六百人吧，记得过道里站满了人，他坐的椅子两侧的台阶上坐着人，门外也有人。讲到有点儿意思的时候，屋里人一鼓掌，门外人就敲玻璃，后来来了几个保卫人员，可能误以为闹事呢。晚上回到住处，是由留学生宿舍改造的招待所。屋子窄，两张床一张桌子，人在里边要侧着身子走。平凹主编躺在床上，说他当年在西北大学读书时的一些旧事，吃不太饱，穿不太暖，一条薄被子冬天里要弓着身子睡。由睡觉说到了气味，万物都是各自洋溢其味道的，马圈里是马味，牛棚里是牛味，鸡舍里是鸡味，男生宿舍里是原生态小伙子味。说着说着，他忽然抬手指着对面的墙问：“那是个什么东西？”在昏暗的灯光下，墙临界天花板的地方有一个圆形的小东西挺显眼。“不一定是公家财物，劳驾副主编取下来。”我个子高一些，搬出凳子，架在长条桌上，很费劲地抠下来一看，是个塑料的虎头，是如今超市里地摊上比较常见的那种小装饰品。他接过去认真审视了一番，起身去卫生间洗了，又用纸擦干净，小心地放在床头柜上。我问他准备干什么，他说进一趟北京城，给女儿带个礼物呗。他接着补充说：“三四岁的孩子，给月亮，给地球，不也是拿着玩么。是我先看见的，你可别争。”返回西安的途中，我差不多笑话了他一路。但从这件事中，我得到了一个启发：宠爱孩子的情感是朴素而生动的，但能够讲分寸是不太容易做到的。

大萝卜

秦岭分隔着中国的南方与北方。

秦岭是东西走向的山，东起河南，西北至甘肃，主体在陕西，绵亘八百公里。南北跨度不大，最宽处不过二百多公里，最窄处仅几十公里。南北虽窄仄，路却难走。李白诗里写的"蜀道难，难于上青天"，指的就是走秦岭的难处。平凹主编的老家在秦岭腹地一个叫棣花的镇子里，从西安到棣花的距离大约一百五十多公里，如今通了高速公路，两个小时就可以到达。修高速公路之前，不堵车的情况下，要走七八个小时，一旦堵车，就说不准时间了。秦岭山中植物驳杂，种类繁多，据专家说有上万种。动物有熊猫、金丝猴、朱鹮、娃娃鱼、羚牛、羚羊、熊、狼等，有没有老虎我不敢说，因为有人为此吃过官司。而且多奇石、峭石，有些山看上去整体就是一块巨石，只是被神斧简单地劈了几下，华山就是这类山的代表。但棣花那一带地势却平缓，平凹主编的老屋和二三十户人家，错综复杂地挤在一个叫贾塬的坡上，房子和房子之间，没有一条直路。坡上坡下最多的是柿子树和皂角树。秋天，柿子红了的时候，整个村子就是一幅风景画。从他家老屋望出去，向远处看，正前方是笔架山，背后叫牛背梁，两座山都低缓伏行，谦逊和蔼。出他家门二十米有一大片池塘，晚上月亮从笔架山后面升起来时，池塘里的水透透亮亮，蛙声不断。十五年前我第一次和平凹主编回他老家，颠簸了近十个小时的山路，他竟一点儿也不累，拉着我去看池塘里的荷，还告诉我说，这片塘里的藕很奇特，藕心比别的地方的多一个眼孔。晚上吃的就是这种菜，我当时很粗心，也忘了数一数。今年我带着一位埃及汉学家又去了一次棣花，但那片池塘已经没有了，取而代之的是一小块一小块的苞谷和蔬菜。

从他家老屋往前走，绕一个弯，再前行五十米，并排着两座庙，一座是二郎庙，一座是关帝庙。两座庙相距不过十米。二郎庙是宋金对峙时期金人修的，关帝庙是汉人对应着建的。在宋朝时候，棣花这一线是宋金的军事交界地带。

第一次到棣花，在他家住了两天，喝苞谷糁，吃浆水面，上树摘柿子，下水数莲蓬，不亦悦乎，不亦悦乎。回西安的路上，他还讲了小时候偷萝卜的一次传奇。说是一次进山砍柴，饿了，途中见一片萝卜地，但有一个拖着鼻涕的小孩看护着，胯下蹲一条狗。他很英武地拔了一个，孩子和狗都没察觉，并说那萝卜有多么多么甜。他说这事的时候，车外正巧经过一片萝卜地，朋友们怂恿他，再做一次少年侠客行。他推脱不过，忐忑地下了车，左顾右盼之后，跳进地里，飞快地拔出一个兜头便回撤。车上的人大笑不止，因为他手里一把缨子下边的萝卜，不过两个指头粗。他讲述的萝卜传奇被认定为小说家言。

图书在版编目（CIP）数据

明日在往事中/穆涛著；贾平凹绘. -- 北京：中国画报出版社,2022.5

ISBN 978-7-5146-2103-7

Ⅰ. ①明… Ⅱ. ①穆… ②贾… Ⅲ. ①散文集—中国—当代 Ⅳ. ①I267

中国版本图书馆CIP数据核字（2022）第010081号

明日在往事中

穆涛 著　贾平凹 绘

出 版 人：方允仲
策　　划：创品世纪
策划编辑：李　乐
责任编辑：郭翠青
装帧设计：安　宁
营销编辑：孙小雨
责任印制：焦　洋

出版发行：中国画报出版社
地　　址：中国北京市海淀区车公庄西路33号
邮　　编：100048
发 行 部：010-88417438　010-68414683（传真）
总编室兼传真：010-88417359　版权部：010-88417359

开　　本：16开（880mm×1230mm）
印　　张：8
字　　数：140千字
版　　次：2022年5月第1版　2022年5月第1次印刷
印　　刷：保定市铭泰达印刷有限公司
书　　号：ISBN 978-7-5146-2103-7
定　　价：55.00元